ハーン小路恭子
Kyoko Shoji Hearn

アメリカン・クライシス

危機の時代の物語のかたち

松柏社

目次

第6章

湿地のエージェンシー、ぬかるみのフィクション

ディーリア・オーウェンズ『ザリガニの鳴くところ』と人新世の物語

序章

危機の時代の物語のかたち

本書は、文学や映画、音楽などを含むアメリカ文化についての過去三年ほどの研究成果をまとめたものである。とりあげるテクストがつくられた時代は二〇世紀前半から二〇二〇年代の現在まで多岐にわたるが、それらのすべてを統べる主題は、危機＝クライシスだ。それぞれの論考は、戦争、人種やジェンダーにまつわる暴力、貧困、気候変動、パンデミック、といった現代の世界を覆う危機に対して、批評に何ができるのかと自問するなかで生まれてきたものだ。この本の企画が立ち上がったのと同時期に世界がコロナ禍に突入したこともあり、危機の時代の批評の役割については一層考えさせられることとなった。それぞれの論考はまた、かねてからのわたしの研究上の関心、つまりは、社会におけるさまざまな危機的状況に対して、文化的創作物がその形式を通してどのように応答するのか、を考察する試みでもある。分析の対象が小説であれ映像作品であれ、批評者としてのわたしは以前から、形式やジャンル、物語の型や文彩(トロープ)のパターンといった文化的テクストの「かたち」に惹かれる傾向があった。形式的側面に寄せる関心を、どうやってテクストが扱う現実の問題や社会状況に接続し、さまざまな政治的・社会的・文化的、あるいは環境上の危機に対する反応としてかたちを読み解くことができるか。文学や映像言語の形式を検討し、それによってテクストがいかに同時代の雰囲気、ムード、言語化以前の情動をすくい取ってそれにかたちを与え、個々の危機的な出来事との間にダイナミックな相互作用を展開するか。それらを探究することが、本書の挑戦であり、目的である。

　執筆のとりわけ初期段階において中心的だったのは、情動理論の文脈において物語のかたちについて考えることだった。その過程で多大な影響を受けたのは、ローレン・バーラントの著作である。日本での知名度はいまひとつだが、文学研究出身で共感概念や感傷小説形式の考察から独自の情動理論へと移行したバーラントの研究は、難解ではあるが、テクストのかたちに関心を持つ自分にとって参考になるところが数多くあった。その探求のめざすところは主として、日常的、私的、社会的生活における危機や、多様なレベルでの生の不安定さ(プレカリティ)に対する情動的反応を文化的創作物のなかに読み取ることにある。代表作『残酷な楽観性』の序文で書いているように、バーラントにとって「危機とは歴史や意識に対して例外的なものではなく、日常性に埋め込まれたプロセスであり、それは何か圧倒的な物事をナビゲートすることをめぐる物語において展開する」(一〇)ものだった。[1] 危機とは日常に対する例外性として立ち現われるのではなく、日常性かつ現在性というテンポラリティのうちにとどまるものであり、だからこそ不安定な生のただ中にある人びとは、分節化することのできない情動にかたちを与え、物語を生み出しつづける行為において危機の感覚に応答する。そのような実感に、バーラントの批評は根ざしていたのだと思う。ストーリーテリングやナラティヴィティ、要は物語ることへの要請を、情動理論において再定式化したバーラント独自の理論は、なぜ特定の時代に特定の物語のかたちが頻出し、反復的に使用されるのか、というわたしの批評的関心に強力な理論的基礎を与えてくれるものであり、アメリカ文学や文化のテクストのかたちと同時代の危機とを結びつけて分析する上での前提を提供してくれた。本書のなかでも、ビヨンセや南部女性作家の作品のかたちに情動的応答や連帯への契機を読み取ろうとする一章と二章の考察は、とりわけ強くバーラントとその情動理論に触発されたものであるといえる。

危機の時代の文化のかたちを考察するうえでもうひとつ鍵になるのは、アメリカのうちでも特定の地域、南部である。実をいえば本書の構想段階では、南部研究の本を書こうという心づもりはまったくなかったのだが、書き上げてみれば全六章のうち四章は、何らかのかたちで南部を描いた作品を論じていた。現在では南部以外のアメリカ文化についても広く研究しているが、学生時代からのわたしの継続的な分析対象は、南部の文学や文化だった。なぜ南部のことなんか研究しているのかとしばしば訊かれるのだが、以前は自分でも正直なんだかよくわからなかった。やがてそれが、奴隷制や人種隔離の歴史的負債のうちから立ち現われた南部のテクストが持つ独特のかたち——大きかったり、歪んでいたり、ごてごてと飾り立てられていたり、ときには粗野であったり、ときには神話的なスケールで迫ってきたり——であり、そのかたちが醸し出す恐怖と魅力のアンビヴァレンスなのだと気がついた。

そのような二律背反的なかたちへと目を向けさせてくれたもののひとつは、南部研究者パトリシア・イェーガーの著作だった。イェーガーは、自分も含め現代においてアメリカ南部研究を専門とする人間にとっては、ある種スター的存在だったように思う。二〇〇〇年に出版された南部女性作家論 *Dirt and Desire: Reconstructing Southern Women's Writing, 1930-1990*（二〇〇〇）は、女性作家たちが執着的に描いた文学的アブジェクトを軸に、縦横無尽に、なおかつ精読の確かさをもって作品と作家をなで斬りにする特異な研究書であり、それでいて切れ味鋭い武器としての理論を手放さないその姿勢において、南部研究の新しい潮流を代表していた。南部テクストが持つ訴求力は、アメリカという国家が抱える問題を、イェーガーの用語を借りれば「ガルガンチュア的」に、あるいは拡大鏡的に強調して見せるその仕方に根ざしており、表現のレベルにおいては、グロテスクやゴシック的誇張と装飾性、形式性を——つまりは拡大鏡に映し出された大きく歪んだ像のようなものを——志向するさまにあるのだということを、南部を本質化し称揚するためにではなく、むしろ南部を脱構築することにおいて見せてくれたのが*Dirt and Desire*だった。

イェーガー以降の新しい南部研究に触発された本書がめざすのは、奴隷制や人種隔離に端を発して、現在も不平等、人種差別、貧困など種々の社会問題を抱える南部を、より広範な意味でのアメリカ社会、あるいは国家の枠組みを超えたグローバル・サウスを覆う危機やプレカリティの磁場のような空間としてとらえ直すことである。伝統的な北部／南部の対立のなかにではなく、グローバルな危機の文脈に南部空間を再配置することは、アメリカという国家自体の性質や、人種や階級にまつわる現在の危機的な政治上の分断について問い直すことにもつながるだろう。つまり、紛争や貧困、社会的不平等、環境不正義といったわたしたちの世界全体を取り巻く危機に応答するための手がかりとして、南部の歴史や文化を再検討できるのではないか、ということだ。国家の危機を凝縮し拡大したかたちで映し出す南部が、日本の読者にも一定のリアリティをもって現前しうる場所であることは、本書で取り上げるテクストを見てもらえばわかるはずだ。南部の危機について考えることはそのままアメリカの危機について考えることでもあり、歴史的に、地政学的に、なおかつ現在性のテンポラリティに引きつけてそれらの危機を考えることでもある。南部の例外性、つまり南部にはアメリカのほかの地域には存在しない特殊性があるという信念は、モダニズムの時代の農本主義者らによって支持されて南部の保守主義を形成する原動力となり、それは二一世紀に至っても執拗な顕在性を見せているように思われるが、実際の南部を構成しているのは、例外性の語りの外部にある不安定(プレカリアス)な主体たちが、たがいに触発し合いながら生み出す物語のかたちなのだ。その存在を認め、複数的で複層的な南部の物語のかたちに目を向けることは、非南部的主体であるわたしたちによる危機の感覚の共有や、まだ見ぬ連帯の契機をも孕んでいるかもしれない。

ビヨンセのヴィジュアル・アルバムから南部女性作家の小説、アニメーションやホラー映画まで、本書の分析の射程に入る作品は、そのジャンルにおいても主題においても幅広い。そのいずれもが何らかの社会的・文化的危機について語っているということを別とすれば、単一の理論や時代性、地域性、文化的アイデンティティのカテゴリーで切って読める作品群ではないかもしれない。章ごとに扱う鍵概念は、ジェンダー、階級、人種、障害、動物と多様である。ともすれば雑多な印象を与えるかもしれないが、そうした主題や文化的アイデンティティの諸相は各論のなかで複雑に交差しており、むしろ全体として、危機について語る際に批評上のカテゴリーが不可避的に交差し合うプロセスそれ自体を浮かび上がらせることを意図したつもりである。

ただし本書の中盤から後半にかけて自然や環境に着目した作品の分析が中心的な位置を占めているのは、偶然ではないと思っている。三章、四章、六章は、主題や方法論は異なるにせよ、いずれもエコクリティシズムや環境人文学の知見を基本的な参照枠として自然と人間の関係を検討し、その複雑なもつれ合いのなかでどのような新しい物語のかたちが生まれているのかを探究している。環境をめぐる批評分野に関心を寄せる理由のひとつはもちろん、気候変動をはじめとした不可逆的で差し迫った環境危機のインパクトであり、批評者として何らかのかたちでそれに応答すべき必要性を感じているからだ。それに加えて、環境人文学やエコクリティシズムが近年展開しているある種のナラティヴィティへの回帰とでもいうべきもの、環境人文学研究者の結城正美の言葉を借りれば、「新たな未来像、新たな物語を想像する」(一六)ための形式や方法論の検討を、これらの諸分野が実践しているところにある。規模と破壊力のひと際大きい戦争や核実験、公害、環境汚染を世界が経験した二〇世紀半ば以降、黙示録的な物語のかたちは近未来の可能性としてつねにわたしたちとともにあったように思う。しかし、差し迫った環境危機に応答し、その先にあるはずの未来の世界のヴィジョンを想像しようとするならば、それに伴ってオルタナティヴな物語のかたちもまた、想像されなければならないだろう。

先に言及したパトリシア・イェーガーは晩年にその関心を、自身が「きらめく塵(ルミナス・トラッシュ)」と呼ぶ、破壊と汚染のなかで逆説的にその存在に光を当てられるような、ある種アブジェクト的な両義性を持った事物と、それが生み出す新たな物語の可能性に向けていた。本書の第四章でも言及するが、イェーガーはハリケーン・カトリーナで水没した土地を彷彿とさせる、南部ルイジアナの湿地帯(バイユー)に位置する「バスタブ島」の神話的共同体を描いた映画『ハッシュパピー——バスタブ島の少女』(*Beasts of the Southern Wild*, 2012)のレビューを書いている。独特のマジック・リアリズム的なスタイルで現実とも幻想ともつかない水の世界を描いたこの作品を、イェーガーは「社会批評のリアリズムを拒絶して不遜な土地へ、二一世紀のための神話の創出という新しい領域へと足を踏み入れる」物語として読む（Yaeger, "Beasts of the Southern Wild and Dirty Ecology"）。確かに『ハッシュパピー』は、汚水に浸された南部の湿地を舞台とし、現実の危機（自然災害／人災としてのカトリーナとアフリカ系被災住民の孤立とニグレクト、さらには南部ももちろん加担している広範な環境汚染）を背景としながらも、前史的な怪物オーロックが跋扈する夢幻的な世界を描いている。逆にいえばこの作品は、超現実的なイメージを用いながらも、人間がみずからの手で壊してしまったその世界をどう生きのびていくのか、その長期的な指針を示すために、神話的な共同体の生成と崩壊、痛切なリアリティを湛えた父と娘の別離の物語を通じて、何度でも水底から新しく浮かび上がるような語りのかたちを生み出しているのだ。それは嵐のあと地上に残される大量の廃棄物や汚水でできた物語であると同時に、人びとが瓦礫と汚水からなる「きらめく塵」のなかにあって、祭礼や葬儀といった儀式の型を通じて世界を再構成していく物語でもある。重要なのは、『ハッシュパピー』にイェーガーが見出したのが、人間のいない世界の物語ではなかったことだ。人びとはそこにいて、淀んだ水に膝まで浸りながら、物語の新しいかたちをひとつ、またひとつと見出し、その媒介者となる。語り続けることへの意思を通して、人びとは生きのびて、神話を、物語のかたちを、次の世代に手渡していく。

危機の時代の物語のかたちをつくるのは、そのような語りへの意思、ナラティヴィティへの飽くなき関心だ。生きのびるために人びとがつづける語りの試みを、その過程で生み出される物語のかたちの数々を、本書が取り上げる多彩な作品を通じて読者に体感してもらえたらと願っている。

第1章 ビヨンセ『レモネード』における暴力、嵐、南部

ハリケーン、南部、ビヨンセ

南部黒人女性作家ゾラ・ニール・ハーストンの小説『彼らの目は神を見ていた』（一九三七）クライマックスのハリケーンの場面では、固唾を飲んで嵐の到来を待つ黒人移動労働者たちが描かれている。「風は三倍もの強さで戻ってきて、ついには灯りも消し去った。どの賤家にいる者たちもともに座り込み、その眼は剥き出しの壁を見つめ、その魂は問いかけていた。神は御力をちっぽけな自分たちに見せつけるおつもりなのか、と。闇を見つめているようでいて、彼らの目は神を見ていた」（一六〇）[1]。ハーストンによるハリケーンの描写は、南部にはつきものの嵐、なかでもとりわ

け二〇〇五年のハリケーン・カトリーナの記憶を喚起するものだ。『彼らの目』を論じるキース・カートライトは、ハーストンの小説が「カトリーナによる被害と、それにつづきさまざまな古傷が明るみに出たことを受け、新たな緊急性を持って読まれることだろう」と書いているが、たしかに審判の日を待つハーストンの黒人労働者と、ニューオーリンズで洪水のなかに取り残された人々との間には、ただならぬ類似性がある。暴力的な嵐は時間の感覚を完全に消し去り、「賤家」で身を寄せ合ってその到来を待つほかない黒い身体のイメージが時を超えて現代まで生きのび、これからも反復されるかもしれないことを示唆している。カトリーナによって南部の黒人貧困層の共同体がとりわけ大きな被害を受け、被災後も、自治体からも州政府からも国家レベルでも十分な救済を受けられなかったという自然災害の不自然な側面について考えるとき、ハーストンの小説と現代の危機を結びつけて考えることはひときわ妥当に思える。いずれの嵐も、公式な物語が語ろうとしない人種や貧困の文脈を明るみに出し、深い南部の水に沈んだ黒い身体を浮かび上がらせる。

アメリカを代表するポップ・アイコンであるビヨンセが二〇一六年に発表したヴィジュアル・アルバム『レモネード』も、そうした南部の嵐をめぐる暴力に満ちた表現で息づいている。南部の水にまつわる複雑なイメージ群を通して、このアルバムは愛や怒り、非対称な関係性がもたらす苦悩をめぐる嵐のような物語を語っており、その物語はさらに同時代の黒人の社会的・文化的経験にも接続されていく。ヴィジュアル・アルバムという特異な形式にビヨンセが取り組んだのはこのアルバムがはじめてではなく、正確には前作『ビヨンセ』(二〇一三)においてはじまったものではあるが、『レモネード』が画期的だったのは、喪失と痛みから贖いへと至る黒人女性の心理的な道程を、視覚的な表現によって集合的な語りにまで高めてみせたという点だ。よく知られているように、アルバムの「主人公」の女性の溢れるような感情はビヨンセ自身の経験を反映したものとされている(制作の背景には夫ジェイ・Zの浮気があったという)が、そうした個人的な体験は、カトリーナから人種的プロファイリングや警察暴力、それに対する反応としてのブラック・ライヴズ・マター運動まで、アフリカ系アメリカ人の生に深い影響を与える同時代の政治的、社会的な危機と結びついている。それぞれの楽曲で表現された激しく暴力的な感情は、現代の世界に存在する暴力や、それがもたらす傷の大きさと不可分の関係にある。その意味では、個人的なものから出発して、人種やジェンダー、階級をめぐる集合的な危機の感覚を探り当てようとする本作は、アメリカ最大のポップ・アイコンにとっての情動的転回のモメントとして位置づけられるだろう。危機と情動の文脈において再検討されるとき、『レモネード』は、アーティストが個人的な怒りや暴力的感情を視覚表現に昇華させた以上のなにものかとして立ち現れる。それはアメリカ黒人史において繰り返されてきた暴力そのものの再現であると同時に、二一世紀の合衆国で目撃されている人種暴力に対する直観的(visceral)な反応の記録でもあるのだ。

さらに重要なのは、本作でビヨンセが南部黒人女性としての自己像を強調していることだ。代表曲「フォーメーション」についてザンドリア・ロビンソンが論じているように、アルバムを通じて描かれている南部空間、とりわけニューオーリンズは、「夢や仕事、所有することや遺産、死を目前にしても止まらずに生きつづける大胆さを携えた身体によって成功を収める（slay）ブラックネスが収斂していく空間」である（Robinson, "We Slay, Part I"）。南部史に通底する反復的暴力を想起させる一方で、『レモネード』は、黒人女性の身体表象を通して歴史的トラウマを乗り越えることへの可能性も提示している。奴隷制から人種隔離、現代の暴力に至るまで、ビヨンセはみずからの、そしてほかの黒人女性たちの身体を舞台として歴史的な出来事を再現し、集合的なトラウマに立ち戻り、熟慮する。それによって彼女は、過去、現在、未来における南部黒人の経験に新しいリアリティを与えることに成功している。高い同調性のもとに動き、隊列を組む黒人女性たちの大胆な視覚的表現において、本作は反復される死のなかにある生を描き、女性同士の連帯が生存と文化的抵抗の手段となることを宣言する。『レモネード』と黒人女性のアイデンティティ、女性の連帯の関係性については、前述のロビンソンに加え、レジーナ・N・ブラッドリーやトレヴァ・リンジーらが論じているが、本章では南部における過去と現在の暴力に注目することにより、それらの先行研究に新たな視点をもたらすことを試みる。

ビヨンセが南部黒人女性としての自己像を強調するだけでなく、「ダーティ・サウス」[2]の女性としてみずからを提示していることについては、もっと注目されるべきだろう。アルバム中で描かれる、ワーキングクラスに属し、性表現が大胆で、武器を手にした不敵で暴力的な女性像を通して見えてくるのは、ポスト・カトリーナ、かつ諸都市での警察暴力のケースが報道され、暴力と人種、ジェンダー、階級の危機において国家的な注目を集めていた時期の南部だ。グローバルなポップ・アイコンであるビヨンセは「ダーティ・サウス」のエヴリ・ウーマンとしてふるまい、それによって個人的なものと集合的なもの、地域的なものと国家的なもの、社会の下部（ダウン・ロー）にあるものと上部（アップ・ハイ）にあるものとを架橋する。彼女の南部性と、それが暴力や危機に対して持つ関係を分析することを通して、南部黒人女性の身体が暴力との関係においてどのように表象され、「ダーティ」な南部のイメージが、どのようにこの地域内外の社会的、政治的、文化的な危機を再検討する新たな方法を示しえるのかについて、考えてみたい。『レモネード』の黒人女性の身体や歴史的な暴力に複雑に埋め込まれた文化的コードを読み解きつつ、最終的にはこのアルバムが、集合的な危機の感覚を視覚的表現において刻み込む、新たな文化的ジャンルを創出しえていることを論じたいと思う。

黒人女性の身体と暴力

『レモネード』の語り手の女性にとっての危機とは、一義的には黒人女性のアイデンティティの危機を指している。楽曲「ソーリー」の歌詞（「綺麗な髪のベッキーにでも電話したらいいわ」）は、夫が白人女性と浮気していることを知って、黒人女性としての自己肯定感を失っている語り手を描いている。最終的にはほかの黒人女性との連帯を通して、語り手は自己を喪失した感覚と、浮気発覚によって生じた激しい感情の乱れを克服し、夫を赦し、自分の女性性を再度肯定することができるようになる。ビヨンセの名声と、彼女がメディアに流れる自分についての情報を完璧にコントロールしていることを考えれば、このアルバム自体、セレブリティのカップルがグローバル規模のオーディエンスをターゲットに行う自己劇化の産物にすぎないようにも思われる。ただし、黒人女性としての自己肯定は、暴力との関係において再検討されなければならない。というのも『レモネード』を特徴づけるのは黒人女性性のポジティブな表象だけではなく、破綻した人間関係に対する暴力的な反応でもあるからだ。語り手の暴力的な感情がもっとも明確にあらわれているのは「ホールド・アップ」のビデオだ。それは大量に溢れ出る水とともに、ビヨンセがドアを開けて外に出てくる映像ではじまる。明るい黄色のドレスを着た彼女は、野球のバットを振り回して歩きながら、浮気したパートナーについて歌い、バットで車の窓を次々に割り、消火栓を破壊して街角に洪水を起こす。ここで登場する激流は、間違いなくアルバムのほかの箇所でも繰り返し現れる嵐や洪水を思わせ、語り手の怒りやフラストレーションの発露を具体化したものとして描かれている。序盤のこの曲においてすでに、アルバム全体に通底する水と暴力の結びつきは確立されていて、その双方に身を浸すことで、語り手が激情に満ちたパーソナリティを新たに形成していくことが暗示されている。

こうした「ホールド・アップ」における暴力的な描写は、ブラック・フェミニズムの代表的批評家ベル・フックスの批判の的となった。自身のウェブサイトのブログ記事で、ビヨンセが暴力を美化しているとフックスは論じている。

ジェンダー間の平等に関する誤った概念とは正反対に、女性は暴力を通して権力を得たり、自愛の念や自尊心を生み出したりはしないし、これからもそうすることはないだろう。女性による暴力は、男性によるそれと同様、解放的なものなどではない。セクシーなドレスをフィーチャーした『レモネード』の街頭のシーンに見られるように、暴力がセクシーなものとして性愛化された場合、男女関係における支配を強化するために暴力を用いるのは構わないという、広く浸透した文化的想念に対抗するものとはなりえない。暴力はポジティブな変化を生み出しはしないのだ。ビヨンセと共作者たちはマルコムXの力強い声と文章を引用し、黒人女性に対する尊敬の欠如を強調しようとしているが、美しい黒人女性の身体を顕示するだけでは、黒人女性が真の自己実現を果たし、敬意をもって扱われるような、真に幸福な状態に基づく正当な文化を生み出すことはできない。(hooks, "Moving Beyond Pain")

ここでフックスは、「ホールド・アップ」が女性の暴力を肯定しているように見えることを、黒人女性の身体の商品化との関連においてきびしく批判している。かつてビヨンセを（非現実的な黒人女性の身体の理想的イメージをメディアに拡散しているという点で）「テロリスト」と呼んだこともあるフックスは、この曲で賛美されているような女性の暴力は、資本主義社会においてその身体が商品化されている黒人女性に力を与えるものではないと考えているのだ。この記事のさまざまな箇所でフックスが論じているように、黒人女性の身体を商品化する危険を冒してまでもアントレプレナーリズムを追求し、資本主義社会におけるボディ・イメージについてポジティブな代替案を提示できていないという点において、ビヨンセはしばしば批判を受けている。さらにいえば、あからさまな暴力性を伴って黒人女性の身体を表象することそのものが、ブラック・フェミニズムにおいては批判されてきたという事実がある。歴史的には、フックスを含むブラック・フェミニストたちは、暴力や性的な奔放さ、獣性といったネガティブなステレオタイプから黒人女性の身体を解放することをめざしてきた。その過程で彼女たちは、西洋の想像力によって性愛化された黒人女性の身体に対するクリティークを提示してきた。たとえばパトリシア・ヒル・コリンズは、サラ・バートマンからジョセフィン・ベイカーの煽情的なダンス、さらにはデスティニーズ・チャイルドの楽曲「ブーティリシャス」に至るまで、黒人女性の豊満な臀部の表象を分析し、その身体と獣性との間に決定的なつながりを見出す西洋近代の人種主義的かつ性差別的な言説を明るみに出した（二七―二九）。著書『ブラック・ルックス』において、フックスもまた同様にバートマンとベイカーを取り上げ、次のように論じている。「現代の大衆文化における黒人女性の身体表象は、ほとんどの場合一九世紀的な、そして今もなお残存する人種主義の文化的装置の一部としての黒人女性のセクシュアリティのイメージを、転覆させることもなければ批評的に分析することもない」（六二）。ビヨンセが暴力をセクシーなものとして描き、同時に黒人女性の身体を賛美していることに対するフックスの批判は、この文脈において理解されなければならない。ビヨンセが暴力的な黒人女性性を肯定しているかのように映ることは、彼女が資本主義や連綿とつづく西洋の伝統的文化表象（その双方が、黒人女性の身体を美化しつつ他者化してきた）との間に厄介な共犯関係を持っていることの証左であると、フックスは考えているのだ。

一方で、ビヨンセによる暴力の表象は、別の観点から歴史化することもできる。ロマンティックな関係にあるパートナーの裏切りと、それに対する語り手の暴力的な反応というアルバムの主題は、二〇世紀初頭の女性ブルース歌手の伝統との類似性において理解することが可能なのだ。アンジェラ・デイヴィスやヘイゼル・カービーが論じてきたように、不誠実な恋人に対する怒りと暴力を伴う復讐、露骨な性的表現といったものは、黒人女性の音楽コミュニティでは歴史的に繰り返し用いられてきたテーマや特徴である。女性ブルース歌手についての批評家たちの議論は、社会性を欠いているとして軽んじられてきたブルースの担い手たちが、愛やセックスをめぐる個人的な物語を通じて社会的・政治的コミットメントを果たしてきたことを考えるとき、とりわけ重要である。もちろんビヨンセはブルース歌手ではないが、『レモネード』において彼女が南部人としてのアイデンティティを追求していることを鑑みれば、この比較はなおも有効だろう。しばしばロマンティックな関係の失敗と、その暴力的な顛末を主題化するブルースという音楽ジャンルは、南部黒人の共同体が日常的に目撃してきた暴力を基調に成立したものだ。この文脈においてビヨンセによる黒人女性性の暴力的な表現を再検討するならば、それは単なる暴力賛美というよりは、女性ブルース歌手たちが歌ってきたような日常生活における暴力の偏在性そのものに対するクリティークとして解釈することができる。さらには、音楽ジャンルとしてのブルースが同時代の新しい録音技術によって広く流通するようになったことも重要だろう。それは奴隷制から二〇世紀の人種隔離やリンチに至るまで、歴史的な人種暴力を背景として出現した、同時代のオーディエンスの要求に応答するタイプの音楽だったのだ。ヴィジュアル・アルバムの出現についても、それに類似した形式上の革新として考えることはできないだろうか。それは新たな社会的暴力における危機の感覚や、わたしたちがいま集合的に体験する痛みや怒りの感情といったものにかたちを与える、かつてない視覚的・音楽的なフォーマットだといえるのではないか。フックスが見落としているのは、このように『レモネード』の暴力的な世界が立脚する、より広範な社会的かつ音楽史的文脈である。ひとりの黒人女性の想像のなかでつくり上げた暴力的な復讐譚と見えるものは、現代の日常生活においても遍在する構造的暴力とつながっている。ブルース・カルチャーの女性たちが明らかにしたように、黒人共同体内部の親密な関係性において起きる暴力は、より大規模でシステム化された人種暴力の実践と分かち難く結びついているのだ(3)。

現代のフェミニストのなかには、フックスのビヨンセ批判に強く反対する者たちもいる。ウェブサイト「フェミニスティング」における誌上討論会の参加者たちは、先駆的なブラック・フェミニストとしてのフックスの仕事に敬意を表する一方で、一様にビヨンセの視覚的プレゼンテーションにおける暴力とセクシュアリティの表現を擁護した。フックスから見れば、ビヨンセが野球のバットを振り回して車を破壊するのは、暴力を肯定し性愛化する身振りにすぎないが、討論会の参加者たちは、ビデオに登場する暴力的な女性の身体を、権力や家父長制、女性の行為主体性(エージェンシー)の可能性をめぐる社会的現実を可視化したものとして理解しているようだ。参加者のひとり、セサリ・ボウエンが述べているように、アルバムはいわば「傷つき怒りにまみれた感情をあまりにリアルに、かつ人間的に表現しているがために、暴力そのものがある種の思考のように立ち現れる」瞬間を記録している(“A Black Feminists’ Roundtable on bell hooks, Beyoncé, and ‘Moving Beyond Pain’”)。ボウエンのような若い世代のフェミニストたちから見ると、ビヨンセがアルバムのなかで行なっているのは総じて、現代生活において暴力がどのように行使されるかを正確に再現することであり、『レモネード』の語り手やその他の女性登場人物たちは、逆説的にではあれその実践のうちに生を見出しているのだ。

ボウエンの発言で注目すべきは、暴力に込められた「あまりにリアルに、かつ人間的な」感情や情感の過剰性である。彼女にとってビヨンセは、理想的な黒人女性ではなく、むしろ日常生活において蓄積し出口を求めている暴力的な感情を媒介する存在なのだ。だとすれば、フックスと若いフェミニストたちの意見の不一致が示唆するのは、ＭＴＶ誕生以後急速に発達した新しい視覚文化に親しんだ現代の主体にとって、身体と暴力描写との関係を理解する方法論が次第に変化してきていることそのものだろう。新自由主義の時代に現れた新たな文学や文化のジャンルをめぐる議論において、ローレン・バーラントは、これらの新しいジャンルは、われわれの日常における危機や、不安定な（precarious）生に課せられる多様な社会的圧力に対する情動的な反応なのだと論じる。ビヨンセのアルバムもまた、このような文脈において再読されるべきだろう。作中で執拗なまでに反復される暴力の視覚的表現は、現代世界において個人や対人、集団レベルで経験され、目撃されている現実の暴力に対するアーティストの反応なのだ。それはオーディエンスに、表現された暴力を仮想的に経験し、それにより様々な現代の危機を理解し、分析する機会を提供する。そうした暴力を振るう主体にもなり、暴力を向けられる対象にもなりうる人物を作中で演じるビヨンセは、俳優としてのみならず、個人の情動とオーディエンスのそれとを結び付ける媒介者としての役割を担っている。

『レモネード』はある黒人女性が結婚の危機に直面して抱いた激しい感情についての物語である

と同時に、アフリカン・ディアスポラの歴史を貫く暴力や、アフリカ系住民に不均衡な被害を与えた人災としてのカトリーナから、ＢＬＭの波を生み出した警察暴力まで、現在の合衆国全体に拡大した人種にまつわる危機についての物語でもある。かつて『シグニファイング・モンキー――もの騙る猿／アフロ・アメリカン文学批評理論』においてヘンリー・ルイス・ゲイツ・ジュニアが論じたように、伝統的にブラック・ディアスポラの文化においては、複雑にコード化された黒人の言語行為の諸形式を具体化するものとして、民話や悪態（シグニファイング）の修辞法が存在し、共同体の連帯意識を保存する手段として機能してきた。『レモネード』にも同様の集合的な文化表現は見られるが、それは歌詞において言語的に表現されるだけでなく、視覚的にも表現されている。その具体例のひとつとして挙げられるのが、女性によるグループダンスの効果的な使用だ。二〇一六年のＮＦＬスーパーボウルのハーフタイムショーでは、ビヨンセはダンサーたちと完璧な隊列を組んで行進しながらダンスし、女性のブラックパワーと連帯を視覚的に表現した。ブラックパンサーのユニフォームにインスパイアされたベレー帽と黒いボディスーツに身を包んだダンサーたちが見せる拳を突き上げる動き（ブラックパワー・サリュート）において見て取れるのは、黒人史のアーカイブのなかから意匠や身体表現を取り出して現代の文脈に重ね合わせる文化的姿勢そのものだった。『レモネード』の「ソーリー」でも、印象的なヨルバ族のフェイスペイントとともに、これに類似した黒人女性のグループダンスがフィーチャーされる一方、テニス選手セリーナ・ウィリアムズによるソロダンスも組み込まれている。タイトなボディスーツに身を包んだウィリアムズは煽情的であると同時に、鍛え上げられたアスリート女性の身体を誇示してもいる。それは、女性的魅力と身体の強靭さが両立し、いずれもダンスする主体にとって快楽の源泉になりうることを示す、大胆な主張なのだ。このように『レモネード』における黒人女性の身体性の強調は、ビヨンセやダンサーたち、ほかの女性アーティストたちによる、女性の力やセクシュアリティ、連帯を表現することに向けた集合的な努力として見直すことができるだろう。

「ホールド・アップ」～「ダディ・レッスンズ」――水と暴力の両義的表象

前述したように、アルバムの鍵となる主題のひとつは、黒人女性の連帯を通して過去の悲劇的な体験からの癒しを得ることである。この連帯は、作中では血縁や、悲劇的体験の共有によってかたちづくられている。よく知られているように、アルバムのタイトルは、ビヨンセが祖母から伝えられたレモネードのレシピに由来している。「リデンプション（贖い）」と題された曲間部分で、ビヨンセは次のように語る。

五〇〇ミリリットルの水、二五〇グラムの砂糖、レモン八個分の果汁と、半個分の果肉を混ぜ合わせる。液体を何回か別の容器に入れ替えてから、清潔なナプキンで中身を漉す。

錬金術師のおばあちゃん、あなたはいつも、辛い暮らしから純金を生み出し、打ち捨てられたものから美を生み出した。生きのびられなかったもののなかに癒しを見出した。手持ちのものから解毒剤を見つけ出した。ふたつの手で呪いを解いた。娘に、そしてその娘にも、教えの数々を伝えた。

この語りはもちろん「人生がレモンを与えるなら、それでレモネードを作ればいい」という、アメリカで広く使われている言い回しをベースにしているが、ここで強調されているのは、困難な時を生き抜くための「レシピ」が母たち娘たちによって共有され、集合的なサヴァイヴァルを可能にするプロセスである。血縁はやがて、悲劇的経験を共有する別の女性たちにも拡大していく。アルバムの冒頭には、トレイヴォン・マーティン、マイケル・ブラウン、エリック・ガーナーら、人種暴力の犠牲となった子どもたちの遺影を手にした母親たちの姿が映し出されている。そこにさらに、マルコムXの一九六二年の演説の一部がサンプルされて被さる――「アメリカでもっとも敬意を払われていないのは黒人女性だ。少しも保護されることなく、軽んじられているのも彼女たちだ」。ゾラ・ニール・ハーストンの小説に登場する主人公の祖母の言葉――「黒人女はこの世の騾馬だ」

（二四）——の残響であるかのように、これらの言葉や映像は、黒人女性が長らく経験してきた構造的暴力の歴史と苦難、その結果としての喪失や悲劇を明るみに出す。一方でほかの女性たちとの連帯を通して、黒人女性たちは生きのびてレモネードを作り、物語を語り、「打ち捨てられたものから美を生み出」してきた。

こうした種々の女性たちと同一化することにより、『レモネード』の語り手は多様化された黒人女性性を再度みずからのうちに見出す。重要なのは、この同一化がビヨンセによる南部黒人性の奪回にも重ねられていることだ。テキサス州ヒューストン出身ではあるが、少女時代からデスティニーズ・チャイルドのメンバーとしてグローバルなポップ・アイコンでありつづけてきたビヨンセを南部黒人性と結びつける向きは、これまであまりなかったといえる。二〇〇五年のヒット曲「チェック・オン・イット」を評して、フェミニスト・メディア研究者アイシャ・ダーハムは、今作が「ビヨンセをヒップホップ文化のなかに位置づけ、彼女と南部の女性性を関連づけようとする」最初の試みであったと述べている（四二）。ダーハムが指摘するように、二〇〇〇年代初頭の南部は、素朴で手作り感のある音楽スタイルと、性的に赤裸々な歌詞や煽情的なダンスによって特徴づけられる新たなヒップホップ文化の中心のひとつとなりつつあった。ビヨンセがみずからの南部性を強調するようになったのもちょうどこのころからである。「チェック・オン・イット」はヒューストン出身のラッパー、スリム・サグとの共作であり、ヒップホップにおける「ダーティ・サウス」サブジャンルに典型的な視覚的、音楽的特徴に富んでいる。楽曲そのものは必ずしも、南部の、そして他地域のヒップホップ・アーティストたちにも不可避的に影響を与えることになったポスト・カトリーナの社会意識を反映しているわけではない。アーティストによる被災地支援について考えるとき、メディアに広く流布したイメージとして思い出されるのはビヨンセではなく、むしろ、チャリティ番組の生放送で「ジョージ・ブッシュは黒人が好きじゃないんだ」とアドリブで口走り、ニューオーリンズの黒人被災者たちに対する大統領の無関心を非難したカニエ・ウェストだろう。[4]南部史上最悪のハリケーンのひとつがようやくアーティストとしてのビヨンセの想像力に影響を及ぼし、それが音楽的、視覚的表現に結実するには、『レモネード』を待たねばならない。ビヨンセによる南部黒人女性宣言ともいえる「フォーメーション」は、自身の文化的出自を語ることで幕を開ける。

パパはアラバマ、ママはルイジアナ
クリオールとニグロをミックスすれば、テキサス・バマの出来上がり
産毛とアフロがあるあたしのちっちゃな後継ぎが好き
ジャクソン・ファイブみたいに黒人らしい自分の鼻も気に入ってる
どれだけお金を稼いでも地元は忘れない
バッグにはホットソースが入ってるからね

地元愛の発露ともいえるこの歌詞において強調されているのは、娘とみずからのブラックネスを肯定する身ぶりだ。奪うことのできない南部黒人女性性のエッセンスはここでは「ホットソース」（ルイジアナの名産品である）によって代表されており、それを語り手は武器のようにバッグにしのばせている。ここでの南部性の肯定はふたつの文脈において重要である。まずビヨンセは、南部性を単一的ではなく多様なものとして提示している。「クリオール」や「テキサス・バマ」など、複数性によって特徴づけられる文化的ルーツ同様、ここで言及されている南部黒人性は、単一の特徴へと還元しえるものではない。第二に、ビヨンセはここでもふたたび南部と暴力の関連性を強調している（「バッグにはホットソースが入ってるからね」——「ホールド・アップ」のビデオで彼女が振り回している野球のバットには、「ホットソース」と刻印されている）。南部性を奪回することは、語り手にとっては新しい暴力的な自己像を発見することにもつながっている。

ホットソース、エルカミーノ（「フォーメーション」のビデオに登場する、前部がセダンで後部がトラックの荷台になった、南部のワーキングクラス層に絶大な人気を誇るクラシック車種）、レッド・ロブスター（フロリダ発祥のシーフードレストランチェーン）といったわかりやすい文化的マーカーに加え、『レモネード』は豊かな水のイメージとアフリカン・ディアスポラの文化伝統を多用し、南部の嵐によって動的に変化した人と文化のダイナミクスを表現する。レジーナ・N・ブラッドリー、ネトリス・ギャスキンス、ジョーン・モーガンといった批評家たちはアルバムにおけるアフリカン・シンボリズムの重要性を、特に水や暴力との関連性において論じている。たとえば「フォーメーション」におけるアフリカの文化的シンボルに関してギャスキンスは、コンゴの文化伝統に見られる、「カルンガ・ライン」と呼ばれる生者と死者の世界を分かつ境界線のアイデアが用いられていると指摘する（"Black Secret Technology: Beyoncé's Formation"）。たしかにアルバムの至るところで、生と死をつなぐものとしての水のイメージは多用されているし、折に触れてビヨンセは生と死、創造と破壊の双方を司る水の女神の役割を演じている。一曲目の「プレイ・ユー・キャッチ・ミー」の結末部分で、語り手の女性は高層ビルの屋上から飛び降りて、水没した部屋にたどり着く。そこでは彼女とそっくりな顔をした女性がベッドの上で眠っている。眠っていた女は目を覚まし、ゆっくりと部屋を泳ぎ出て、復活についての物語を語りはじめる。死のような眠りと目覚めの双方を喚起させるこの冒頭の場面によって、オーディエンスは『レモネード』の水の世界に誘われる。つづく「ホールド・アップ」では、黄色いドレスに身を包んだビヨンセが洪水を背にして現れる。モーガンによればこの場面でビヨンセは、河や水、愛と性を司るヨルバ族由来のヴードゥーの女神、オシュンの役割を演じている。モーガンが指摘するように、ドレスの黄色はしばしばオシュンと結びつけられる色である。女神が象徴する水は生気に満ちていると同時に破壊的でもある。水はしばしば、文明の基底にある豊穣さや創造性と結びつけられるが、それはまた自然の持つ破壊的力を代表するものでもある。ハーストンの南部的想像力に根差したハリケーン表象と同様、水は与えもすれば奪いもし、日常生活の背後に隠された人間存在の不安定さを暴き出す。「ホールド・アップ」において、ビヨンセ／オシュンは不誠実な恋人についての恨み言をブルース的に歌い上げながら、破壊的な洪水によって街路を押し流していく。それを見つめる街頭の人々は、興奮しつつも畏怖の念に襲われている。女神が浮かべている微笑は人々に伝染し、女たちは微笑み、子どもたちは水の周りで踊り出す。この場面が表しているのは、洪水というものの逆説的にエンパワリングな側面だ。怒りつつ笑みを浮かべるオシュンの顔にカメラが寄って行くと、野球バットに刻印された「ホットソース」の文字が浮かび上がり、アルバム内で描かれる南部が、水と破壊と女性の激情とをダイナミックに結びつける空間であることが示唆される。

同郷のチックスと共作した「ダディ・レッスンズ」では、南部の女神の神話的な武器は銃へと転じている。この楽曲はアルバム中でももっとも折衷的な音楽性を持ち、ブルース、カントリーからニューオーリンズ・ジャズまでの南部音楽の要素が横断的にちりばめられている。曲の主題は、語り手に強さを与えたが、同時に彼女を呪いもしたような、両義的な父娘関係である。曲中で父親は娘に対して「タフ」になれと命じ、「トラブルが町を襲ったら」使うようにと銃を手渡す。この曲のビデオには、ビヨンセとその父マシュー・ノウルズのように見える父娘を映したホームビデオが挿入され、曲の自伝的側面が示唆されている。曲中に登場する父親は、妻ティナに対する不貞行為が報じられて二〇〇九年に離婚に至ったノウルズ家の父マシューを彷彿とさせる。曲の後につづくモノローグで、娘は母に語りかけている。

> 大切な母さん、あたしに大地を受け継がせてください。彼が許しを乞うように仕向ける術(すべ)を教えて。彼があなたを待たせた年月の埋め合わせをさせて。鏡に映るあなたの姿を、彼は歪めてしまったの？　あなた自身の名前を忘れさせてしまったの？　自分は神だと思い込ませようとした？　あなたは毎日ひれ伏していた？　ドアの外にあなたを締め出すようにして、彼は目を閉じるの？　あなたは彼のうしろをついて歩く奴隷なの？　わたしが話しているのはあなたの夫のこと？　それともあなたの父親のこと？

男性による不誠実な行為と支配的態度は世代を超えて繰り返され、女性たちによる暴力的な連鎖反応を生む――妻を奴隷にした「父さん(ダディ)」は、娘に「撃つ」ことを教える。全体としてこの曲は個人的で内省的な語りのモードを保持しているが、同時に個人的悲劇が、暴力を正当化する法と規範の一部であるさまについての証言にもなっている。娘の記憶では、「父さんはあたしに闘うことを教えた。いつも彼が正しいってわけではなかった。でも彼は、『それがお前の修正第二条なんだよ』と言った[5]」。闘え、撃てという父の教えが常に正しいわけではないことを娘は知っているが、それでも彼女は「修正第二条」に、その言葉が指し示す暴力のなかに、巻き込まれていく。父娘関係の物語を通じて、「ダディ・レッスンズ」は銃所有や暴力、正当防衛をめぐる世間的な言説を浮かび上がらせる。楽曲において支配的な、暴力が反復され蔓延しているという感覚は、アフリカン・ディアスポラの歴史により本格的に切り込んでいくアルバム後半へと引き継がれていく。

「ラブ・ドラウト」と歴史化

「ラブ・ドラウト」以降のアルバム後半の楽曲で、ビヨンセはふたたび水のシンボリズムと暴力の複雑な関係そのものを物語化し、そこに新たな歴史性をつけ加えている。「ラブ・ドラウト」のビデオは、黒人女性のグループを登場させて奴隷制時代の悲劇を主題化する。そこでは白装束を着た女性たちがビヨンセに率いられ、列を組んで浜辺を歩く様子が描かれる。マイケル・オウンナは、この浜辺のシークエンスが、奴隷による集団自殺の言い伝えを取り上げたジュリー・ダッシュ監督の映画『自由への旅立ち』（一九九一）に影響されていることを指摘している。

ジョージア州セント・シモンズ島に位置するイボ・ランディングは、一八〇三年にイボ族の奴隷たちの集団自殺が起きた場所だ。言い伝えによれば、イボ族の奴隷の一団が反乱を起こして奴隷船を支配下に置き、島に船を座礁させたのち、奴隷制に屈するぐらいなら死を、とイボ族の言葉で歌いながら、次々に入水していったという。奴隷たちは囚われの身になることよりも死を選んだのだ。それは奴隷制の恐怖に対する集団的な抵抗の試みとして伝説になり、とりわけイボ・ランディングの近くに住んでいたガラ族の人々の間で語り継がれていった。("Beyonce's 'Love Draught' Video, Slavery and the Story of Igbo Landing")

アルバム全体を通して個人的な経験の歴史化を試みた『レモネード』という作品の特性を考えれば、ここでオウンナが指摘している「ラブ・ドラウト」と伝説的な奴隷たちの集団的抵抗を関連づけることは一層の説得力を持つだろう。奴隷たちによる集団自殺は、かつて『ブラック・アトランティック』におけるフレデリック・ダグラスの自伝の考察でポール・ギルロイが提示したような、人種化されたモダニティ概念を彷彿とさせる。ギルロイは囚われの身であることよりもはっきりと死を選び取ろうとするダグラスの姿勢に、モダンな主体の生成を見ていたのだ。そのことに関連づけて「ラブ・ドラウト」を考察するとき、傷ついた女性がほかの女性たちとの連帯を通してパートナーとの和解に達するという、アルバム内で繰り返し語られている物語は、新たな歴史的重層性を獲得する。一糸乱れぬ列を組み水辺を歩いて行く女性たちの姿が表象するのは、連帯することによる生だけでなく、(奴隷たちの入水のように)死を通して逆説的に達成されるモダンなエージェンシーでもあるのだ。ここでも水は、女性たちを解放に導きつつ死に至らしめるという両義的な役割を果たしている。個人が経験する苦境が、奴隷制とアフリカン・ディアスポラの歴史を背景として集合的な災厄へと変貌するのだ。曲の冒頭で、カメラは白装束に身を包んでニューオーリンズのスーパードームのフィールドに横たわるビヨンセをとらえる。同じ映像はアルバムのあちこちに挿入されており、スタジアムがカトリーナ後の主要な避難場所であったことを否応なく想起させる。「ラブ・ドラウト」ではスーパードームの場面につづき、黒人女性のグループが浜の浅瀬に向かって歩いて行く姿が映し出される。やがてカメラはビヨンセともう一人の女性がロープでつながれ、体重を後方に移動させながらたがいの身体を引っ張り合うようにして立っている様子をとらえる。彼女たちはあたかも束縛状態から逃れようとしているようにも見えるが、同時に、たがいが倒れないよう身体を引っ張り合うことで持ちこたえているようにも見える。ロープは女たちを所有と隷属状態に留めおくものにほかならないが、力を込めて引っ張り合うことで、女たちは生きのびることもできる。ふたたびみずからの身体を取り戻し解放に至るときまで、大地を踏みしめていることもできるのだ。つまりこのロープによる束縛は、黒人女性の奴隷化の象徴であるだけではなく、たがいをつなぐものを使って生きのびるための集合的努力を具現化したものでもあるのだ。結末部では、女性たちは並んで水中に立ち、たがいの両手をつないで肩の上に高く差し上げている。直後にカメラが浜辺の方に切り返すと、そこにはビヨンセが目を閉じて横たわり、水中の女たちと同じように腕を高く伸ばしている。一瞬ビヨンセ演じる女性が溺れ死んでしまったのかと思わせるショットであるが、やがて彼女は目を開けて蘇生し、そこにボイスオーヴァーが被さる――「洗礼を授けてください……和解は可能だということが、やっとわかったから。わたしたちが傷を癒すことができたなら、素晴らしいことが待っているだろう。千もの娘たちが腕を高く差し上げている。生まれたときのことを覚えていますか。お尻の裂け目から生まれ出たことに感謝していますか。母のそのまた母のそのまた母の、ヴェルヴェットのような肌の光沢にも」。この一連の場面の音と映像は、カトリーナに代表される現代の危機と奴隷制の歴史を接続し、傷つき死にかけた女性が、他者との連帯（文字通り身体同士をロープでつなぐこと）を通して再生していく様を描いている。「ラブ・ドラウト」は、個人的体験が、より広範で鋭い歴史的な危機意識へと高められていく、アルバム上の重要な結節点として機能しているのだ。

隊列を組むこと、かたちを創造すること――「フォーメーション」

アルバムの最後の曲である「フォーメーション」で、作品の舞台はふたたび現代のニューオーリンズに戻る。前述したように、この曲は二〇一六年のスーパーボウルのハーフタイムショーで初のパフォーマンスを迎えたが、ブラックパンサーの衣装や挙手の礼のスタイルを模倣するなどしたその政治性は物議を醸した。NFLが通常ハーフタイムショーの出演者たちが演目に政治性を盛り込むのを好まないことを思えば、ブラックパンサー党の設立五〇周年への言及となったビヨンセのパフォーマンスは随分と大胆なものだった（そもそもこのショーのヘッドライナーはイギリスのロックバンドのコールドプレイで、ビヨンセはブルーノ・マーズとともにゲスト出演した形だった）。スーパーボウルでのパフォーマンスに合わせて楽曲の「ダーティ」・ヴァージョンのビデオが発売され、そのなかでビヨンセがワーキングクラスの南部黒人女性を演じていたことも話題を呼んだ。『レモネード』にも収録されている「フォーメーション」のビデオにはニューオーリンズの黒人住民が数多く出演し、どちらかといえば超現実的なビデオの雰囲気にリアリティを付与している。マイケル・レン・ウィリアムズⅡ世を含む南部のヒップホッププロデューサーたちが制作にかかわった楽曲のファイナル版は、シンプルなビーツにサイレン音が反復的に挿入され、暴力的な "I slay"（「成功する、やってやる、かましてやる」の意で、この曲のヒットにより急速に使用が広まった）のリフレインがその上に被さる。イントロ、間奏部、アウトロには、二〇一〇年に銃殺されたニューオーリンズ出身のソーシャルメディア・セレブリティ／コメディアン／ラッパーのメッシー・ミア、バウンス・ミュージック（ニューオーリンズ発祥のヒップホップのサブジャンルで、コール・アンド・レスポンスやチャントのスタイルと煽情的な歌詞が特徴）の代表的パフォーマーであるビッグ・フリーディア、そして二〇〇八年のドキュメンタリー作品『トラブル・ザ・ウォーター』に登場したカトリーナの被災者の一人で映画監督・音楽家のキンバリー・リヴァース・ロバーツの声がそれぞれサンプルされている。南部とのコネクションがこれでもかとフィーチャーされた楽曲のリリースによって、オーディエンスは突然に、ビヨンセが黒人であるだけでなく「ダーティ・サウス」の黒人女性であることまでも思い出させられたかのようだった。[6]

そのラディカルな南部黒人性の表象は評価されるべきである一方、「フォーメーション」はビヨンセ、もといヒップホップの隆盛とともに開花した黒人ポップカルチャー全体が長きに渡り抱えてきた問題を再燃させてもいる。「フォーメーション」はその南部表象を通して人種やジェンダー、階級をめぐる重要な主題群を取り上げたが、新自由主義社会における個人の成功をあっけらかんと称揚するビヨンセの（そして夫ジェイ・Zの）姿勢はこれまでもつとに批判されてきており、そのことをふまえればこの曲が、既にパターン化したヒップホップ文化における成功物語を安易に継承し賛美しているかのように見えることには注意を払う必要があるだろう。楽曲の歌詞はヒップホップ的アントレプレナーリズムを肯定する態度で貫かれており、既存の曲との相違といえば、語り手が女性になっていることぐらいだろう。ジェイ・Zのパブリックイメージをそのまま借りてきたような調子で「黒人版ビル・ゲイツになろうとしている」人物としてみずからを提示する語り手は、特段のアイロニーもなくヒップホップ的主体の社会的上昇志向を寿いでいるように見える。過去と現在の社会的危機のなかで生まれた人種や階級、貧困の問題を絶えず不可視にする、アメリカに広く根づいた機会均等の神話のいわば焼き直しのような側面が、そこにあるのは否めない。とはいえ、ビヨンセがこの曲において、個人の努力による成功という新自由主義下の幻想物語を再生産しつづける一方で、みずからの出自である南部黒人性と正面から切り結び、黒人共同体の集合的な声を代表する作業を実践しようとしている、いやむしろその作業に含まれる矛盾そのものを「フォーメーション」においてドラマ化していることには、一定の重要性があるだろう。曲の冒頭のメッシー・ミアの台詞にあるように、そもそもこの曲は、「ニューオーリンズで起きたこと」にインスパイアされてつくられたものだ。フランスとアフリカ系が融合した独特の文化が生まれたニューオーリンズは南部を代表する観光地であり、ある種の南部らしさをショーケース化したような空間ではあるが、かつて南部最大の奴隷市場が存在した、地域史、ひいては合衆国史における暴力とトラウマを象徴する場所でもある。ビデオ冒頭のエスタブリッシング・ショットは、洪水に車体が半分沈んだNOPD（ニューオーリンズ市警）のパトカーの上に立つビヨンセを映し出す。不吉な水のイメージはカトリーナ直後の都市、とりわけ壊滅的打撃を受けた、黒人ワーキングクラス層が多く住むロワー・ナインス・ワード地区を彷彿とさせる。パトカーのイメージはハリケーンの犠牲者のみならず、全米で起きている警察暴力がもたらした黒人たちの死をも想起させる。パトカーのイメージにつづき、エルカミーノの荷台に乗ってぐるぐると回っている、毛皮のコート姿のビヨンセが映し出されたと思うと、次の場面では彼女は架空のプランテーションの女主人として、バルーンスリーブのボディスーツと時代がかったヘアアレンジで揃えたダンサーたちと踊っている。女主人のイメージは、富を祝福する短絡的な表現に見える一方、存在しえたかもしれない黒人女主人のラディカルな可能性にも言及するものであり、資本主義と力をめぐってこのアルバムとアーティスト自身が抱える矛盾そのものの表現となっている点で重要である。この曲の語り手は、例外的な成功を収めた勝者・生存者でありながら、水底に沈み死にゆく者たち、死者たちにも同一化する。歴史を縦断しつつ生死の境を往還することによって、ビヨンセはみずからの語りが含む矛盾そのものを体現しているのかもしれない。

全体として「フォーメーション」のこれら一連の場面は、奴隷制と現代の災害や人種暴力の間にある種の連続性を見出し、通時的な危機の感覚へと昇華させる試みだといえる。曲の終盤では、黒い衣装を着た黒人の少年が登場する。デモ現場を警備しているかのような居並ぶ警官たちの前で少年はダンスしてみせ、直後には壁に書かれた「撃つな」というグラフィティの文字が瞬間的に映し出される。否応なくブラック・ライヴズ・マター運動を彷彿とさせるこのシークエンスは、暴力と死に直面しつつ抵抗し、共同体の生存を賭けて踊る黒人主体を力強く映し出す。『彼らの目は神を見ていた』のハリケーン到来の場面と呼応するかのように、曲は嵐の破壊的な力を証言する被災者の言葉で幕を閉じる――「ガール、雷の音が聞こえるよ。なんてこった、あの水を見てみろよ、ボーイ、神よ」。周囲の人物たちに対する不安に満ちた語りかけが、やがて神への問いかけへと変化していくような緊迫に満ちたこの語りは、時代を超えて受け継がれ、嵐と洪水が南部にもたらし明るみに出す、自然でもあり人為的でもある危機を証し立てている。「フォーメーション」はこのように、南部史に通底し反復されるイメージを用いながら、現代の危機の背後にあるアフリカ系アメリカ人に対する暴力の連続性の表象となりえている。ブラジルと合衆国で警察によりアフリカ系住民が殺害された複数の事件を考察するクリステン・スミスによれば、こうした反復的なイメージは、「時空間を超えて再演されるパフォーマンスとでもいうべきものだ。それらは同じ場面、同じプロットとストーリーラインによって黒人を対象とした暴力を反復する、いわば人種間の接触（コンタクト）のシナリオであり、言説と権力、行為によって定義されたパフォーマンス・ゾーンにおける、人種化された身体同士の暴力的な邂逅の瞬間なのだ」（“Performance, Affect and Anti-black Violence”）。スミスが論じるように、今日わたしたちが目撃しているのは、過去に黒人の身体に行使されたのと同種の暴力であり、それは明日も、数か月後も、数十年後もメディアにおいて繰り返し再演され、流通していくものだ。沈みゆくＮＯＰＤのパトカーを繰り返し見るときわたしたちが見ているのは、カトリーナと警察暴力の間に存在する否定しがたい歴史的関連性である。そして、ビヨンセの沈みゆく黒い身体が映し出されるときわたしたちが見ているのは、歴史の亡霊のように沈んでは浮上するほかのすべての黒い身体たちでもある。その意味では、ビヨンセがプランテーションの女主人を演じたことは、過去を召喚し現在を変えることによって歴史を調停しようとする、介入的な試みでもあった。アルバムの至るところに現れる巨大なパフスリーブのドレスを着た女主人のイメージは、奴隷制の歴史のなかから、架空のものであれ黒人女性にとってエンパワリングなものを生み出す行為でもあっただろう。それは同時に、カトリーナ後にメディアによって広く流布された、「難民」や「略奪者」としてステレオタイプ化された南部黒人の姿を覆すようなものでもあった。「レイディーズ、さあ位置について」と、ビヨンセは女性たちに促す。黒人女性のダンサーたちの隊列は、豊かな想像力で過去と現在をつなぎ、ハリケーン後の混沌とした世界に力と秩序をもたらし、新しい未来を構築していく。隊列を組むこと、それは、主体が別の主体とつながり、生きのびるためのかたちを世界に与えることなのだ。

資本主義やアントレプレナーリズムと歌い手の厄介な共犯関係は未解決の問題として残るにしろ、このヴィジュアル・アルバムの最後のショットにおいては、少なくともビヨンセは、継続的に周縁に追いやられ不可視の存在にされてきた南部黒人たちとともにあるようだ。パトカーが完全に水に沈んだとき、ビヨンセの身体は浮き上がってこない。彼女は車とともに沈んで水底に消え、高層ビルの屋上から水底へと派手に落下するアルバムの冒頭へとオーディエンスを送り返す。アルバムの円環の綴じ目であるこの沈降／落下が、ビヨンセにとって「賤家にいる者たち」の側に立つことを選び取る試みなのかどうかはいまだ不確かだ。だがはっきりしていることがひとつある。暴力や死、絶望に直面した黒人女性のサヴァイヴァルを視覚的に語った『レモネード』は、アフリカン・

ディアスポラの過去と現在の危機に向けて際限なく開かれていく物語であり、そこでは人種的トラウマをめぐる暴力的な感情が、浮き上がる水死体を運ぶ波のように、絶えず寄せては返しているのだ。

第2章

レベル・ガールの系譜

南部的反逆する娘像と連帯のナラティヴ

反逆する娘のモチーフ

南部作家ウィリアム・フォークナーの長編小説『アブサロム、アブサロム!』(一九三六)には、ふたりの南部女性の接触をめぐる重要な場面が存在する。第五章で、その章の語り手ローザ・コールドフィールドが、主人公トーマス・サトペンの長女ジュディスの部屋に向かおうとしているところで、屋敷に住む黒人女性クライティがローザを止めようと、その腕に触れる。触れられたローザの身体は、硬直したかのように動くのをやめ、ふたりはその場に立ち尽くす(Faulkner 一一一—一二)。この接触が引き金となって、ローザは子ども時代に目撃したジュディスとクライティの親密さを思い出していく。まるで人種的差異が存在しないかのように、ともに遊び、寝室というもっとも私的な空間までも共有するふたりを見つめるローザの視点は、エロティックな親密さへの羨望と人種混交への拒否感がないまぜになったものだ。この親密さの描写を経て、ローザは突然ある認識に達し、クライティに問いかける。「あなたもなの、シスター、シスター?」と(Faulkner 一一二)。『アブサロム』を南部レズビアン文学の先駆的作品として読み解くジェイミー・ハーカーは、この箇所をローザの「レズビアン・パニック」の場面だと論じている(Harker 四二)。「あなたもなの」という問いかけは通常、クライティとジュディスの隠された血縁関係(クライティはサトペンが黒人奴隷に産ませた娘である)に対する言及だとみなされているが、ここで描かれている女性同士の関係は、人種を超えた親族関係の近さを指すように見える一方で、同性愛的な親密さにも思える。ハーカーが論じるように、この場面がローザの「クィアな欲望」(Harker 四五)のあらわれとして読めるとすれば、のちに自給自足の奇妙な共同生活を送ることにもなるこの女性たちの関係性は、フォークナー作品におけるこじれ返った人間関係の典型的な到達点としてのレイプや殺人、自殺といった悲劇とは別の物語体系の可能性を提示しているともいえる。同作の親族関係に関して先駆的な読みを提示した竹村和子によれば、三人の女性たちは「共有される情緒的・身体的接触」を通じて、「人種によって、あるいは親族関係への参入の有無によって区分するセクシュアリティ規範、性自認の規範を、知らぬまに無効にする道程に足を踏み出していた」(竹村 九三)。その意味で『アブサロム』の女性たちは、この章で取り上げる南部女性作家たちの作品に、重要な前提を提供している。

文学や映画などの文化的創作物に登場する南部女性の典型としてまず思い浮かぶのは、清廉で美しいサザン・ベルだ。だが実のところ、二〇世紀の南部の文化表象には、それとは正反対の女性たちも数多く存在している。ジェンダー・スタディーズ研究者ジャック・ハルバースタムが「女性的男性性（female masculinity）」の一形態として論じたような、髪を短く刈り込み、オーバーオールを着こみ、ナイフを投げ、悪態をつき、南部のジェンダー規範から逸脱するトムボーイたちだ。アメリカ文学史におけるトムボーイ像を包括的に論じるミシェル・アン・アベイトによれば、第二次世界大戦への合衆国の参戦により国内では女性が労働力として動員され、社会参加することが飛躍的に増え、それに伴ってトムボーイ的女性を受け入れる社会的・文化的素地が整っていったという。この時代以降の南部文学作品にトムボーイ表象が増えてくることにも、こうした歴史的文脈がかかわっていることは間違いない。さらにいえば、厳格なジェンダー規範を持つ南部社会で筆を執った女性作家たちにとって、トムボーイズムを作中で志向することは、それ自体、ある種の反逆の文彩（トロープ）を成していただろう。サザン・ベルを理想とする文化のなかで、トムボーイズムは制度の内側から、南部的反逆（rebel）の意味そのものを変容させてしまうような、レベル・ガールの文学的系譜における中心的モチーフだったのだといえる。この章で扱うカーソン・マッカラーズ、リリアン・スミス、ハーパー・リーという、第二次大戦期から一九六〇年代にかけて精力的に活動した女性作家たちも、南部のジェンダー規範から逸脱するような少女や女性を好んで作中で取り上げた。この章では三作家のそれぞれの作品として『結婚式のメンバー』（一九四六）、『夢を殺した人たち』（一九四九）、『さあ、見張りを立てよ』（二〇一五）を取り上げ、そこに共通するレベル・ガール＝反逆する娘のモチーフと、それを通して表現される重要な主題系や物語のパターンを論じる。いずれの作品も、女性同士の親密さ、それもしばしば白人女性と黒人女性の親密さを描いている。そして重要なことにこの親密さは、『アブサロム』の場面と同様に、身体的な接触を通じて、言語化しがたいアフェクティヴな衝撃とともに獲得されるものである。[1] この身体的経験を通し、主人公たちは他者との間に成立するさらなる触発の瞬間へとみずからを開いていく。つまり接触の比喩は、触れ合う娘たちに、単に個人的な経験のレベルを超えて、同時代の政治的・社会的危機のなかで、より広い連帯への契機を提供しているのだ。三人の作家たちが南部で成長した、あるいは執筆活動を行なった二〇世紀中葉、アメリカは未曽有の世界大戦という危機を経験したが、翻って国内を見ても、南部を中心に、法により正当化された人種隔離と構造的人種差別が存在していた。それはのちに不可避的に公民権運動へとなだれ込んでゆく、大きな政治的分断と暴力の時代だった。反逆する娘の身体的な接触の経験は、そのような危機の時代にあって、分断された世界の境界線を越えて連帯することの強力な比喩表現として機能していることになる。

作品の政治性を問う上で付言しておきたいのは、マッカラーズ作品の伝統的な位置づけだろう。

スミスとリーはもともと社会性の強い作品でよく知られている。スミスは反人種隔離アクティヴィストとして広くその名を知られており、『夢を殺した人たち』は、人種隔離という社会的危機を少女時代の作者自身のセクシュアリティの不安に重ね合わせた強力な語りが有名だ。リーの代表作『アラバマ物語』(一九六〇)は、少女スカウトの視点を通して人権派弁護士の父アティカス・フィンチがかかわる人種差別事例を描き、グレゴリー・ペック主演の映画版とともに日本でも親しまれてきた。その二作家と、さして政治的文脈で語られることのないマッカラーズを併せて読むことの意義とは、何だろうか。ひとつには、特に政治的とみなされない作品であっても、二〇世紀前半から中ごろにかけて書かれた南部文学の多くは、人種隔離や公民権運動といった政治状況に接しながら、そのインパクトを文学的な表現に高めていたということがある。抑圧の強い社会における個人の悲劇としてもっぱら読まれがちなマッカラーズの作品も、この文脈において読み直される余地が十分にある。さらに、マッカラーズ作品を、反逆する娘の系譜におけるプロトタイプ的作品として位置づけることによって、南部女性作家による類似作品群を、アメリカ文学史における女性の感傷小説の伝統の、二〇世紀的展開例として再考することもまた可能になる。ジャンルとしてのレベル・ガールものは、全体として人種隔離を背景とした同時代の社会的危機への直接的・間接的な言及と、他者への共感の思想を柱として成立している。そこには一九世紀アメリカ文学においてハリエット・ビーチャー・ストウら女性作家たちが、いわゆる感傷小説、つまり、感傷とセンセーショナリズムを基調にした語りにより主として女性読者に奴隷制の害悪と悲劇性を訴えかける物語群を書いていた時代と共通する構造が見て取れるのだ。『センセーショナル・デザインズ』（一九八六）でジェイン・トムキンズが論じたように、たとえば『アンクル・トムの小屋』（一八五二）のような小説が浮かび上がらせるのは、私的領域に閉じ込められ、劣った通俗的言語でしか書けない「もの書きの女ども」などではなく、強力な感傷のレトリックを駆使して、文化の中心において発言力を持って活動する書き手たちだった。[2] そして彼女たちが依拠したセンチメンタリティは、ローレン・バーラントによれば、二〇世紀においても「未解決の問題（unfinished business）」としてさまざまなアメリカの文化的創作物のなかに生きつづけている。その具体的展開を、反逆する南部の娘ジャンルのうちに見ていく。一九世紀の家庭小説、感傷小説の書き手たちの場合、奴隷制という政治的問題は彼女たちの家庭（ドメスティシティ）の倫理と密接にかかわっていたのだが、二〇世紀の南部女性作家たちにとっては、人種隔離の問題は、ジェンダー規範からの逸脱の肯定や、あるいはスミスの作品がもっともわかりやすく示しているように、セクシュアリティの解放と深いところで結びついていた。このような観点から、マッカラーズ作品の再読を起点に、レベル・ガールの系譜について論じていきたい。

『結婚式のメンバー』と触発の瞬間

マッカラーズの『結婚式のメンバー』の主人公、十二歳のフランキー・アダムスは、典型的なトムボーイ的ルックスを持つ人物として描かれている。[3] 長身で、男の子のTシャツを着て、髪をクルーカットに短く切った彼女は、同年代の女子たちにくらべると「巨大なフリーク」のように見える(McCullers 四)。お祭りのフリーク・ショウで見たさまざまなフリークたちを思い浮かべ、「いつか自分もあんな風になるのだろうか」という不安に苛まれている(McCullers 二二)。自分自身の非規範的身体に嫌気が差しながらも、一方で同年代の少女たちの浅薄さや過度に女性的なジェンダー表現を軽蔑してもいる彼女は、態度の悪さから、集まってはパーティばかりしている少女たちのクラブからは追放されてしまった。「どのクラブにも入っていなくて、世界にあるどの集団のメンバーでもなくて、ただ戸口にたむろしているだけの爪はじき者」、それがフランキーだ(McCullers 三)。南部の片田舎のひと夏の情景をバックに、ある少女の成長をノスタルジックに描いた物語、といった具合に評されがちな本作であるが、語りの基底をなすのは社会規範をおびやかすクィア性(フランキーは会話のなかで「へんなの(queer)」という形容詞を連発する)やフリーク性の、恐怖と魅力である。アベイトが論じるように、フランキーの「フリーク的にクィアでクィア的にフリークな性質」は、「国家レベルでジェンダーやセクシュアリティ、人種のコードに変化が起きていた時代に増大していた不安」(Abate Ch. 7)の表現だといえるだろう。

成長物語のフォーマットを踏襲しているように見えながら、『結婚式のメンバー』は主人公に成長をもたらさない。フランキーにとって成長することは、精神的安定を保証してくれるものではなく、むしろ自分が的確に受容することも、体現することもできないような社会的規範のなかに、半ば強制的に組み入れられることにほかならない。その悪夢のような未来から逃避するために、少女は何らかの集団への帰属意識を求め、やがて「兄の結婚式のメンバーになり、町を出る」という不可能なアイデアに没頭するようになる。だが、黒人料理人のベレニスがいい聞かせるように、夢見る少女に必要な現実的な解決とは、要するに「素敵な白人のボーイフレンド」を見つけることなのだ(McCullers 八二)。ロマンティックな異性愛規範への参入を通して、トムボーイたるフランキーは、南部における人種とジェンダーの分断のシステムへと組み込まれることを期待されている。その意味ではこの物語で描かれる思春期とは、ハルバースタムが指摘するように、「男性支配に根差した社会で生きる少女にとっての、成長することとの危機」そのものなのだ(Halberstam 六)。精神的、身体的な成長を迫られる思春期の只中にあるフランキーは、年相応にふるまうことを拒み反逆する娘として、ベレニスと、六歳のいとこジョン・ヘンリーという、ともに風変わりな人物たち——フランキーの捨てた少女の人形を慈しむジョン・ヘンリーはどこかクィアで、青ガラス入りの義眼を片目だけに光らせてシニカルに悪態をつくベレニスはどこかフリーク的だ——と疎外感を共有することで、生きづらさを抱えながらもなんとか持ちこたえている。ふたりとともにキッチンで過ごす時間と、結婚式のメンバーになるという壮大な計画は、フランキーに一種の逃げ場と、南部の田舎町の外にある広大な世界とつながっていくことへの希望を同時に与えている。

伝統的には、この小説をポジティヴな連帯の物語として読む試みはほぼなされてこなかった。トムボーイズムの代表的な物語として本作を分析するハルバースタムも、基本的にはマッカラーズの小説は「トムボーイの探求の悲劇的な側面を強調している」と評する（Halberstam 一九〇）。マッカラーズ作品はしばしば、本質的にペシミスティックで、その主題はもっぱら登場人物たちや作者が個人的なレベルで抱く孤独や自己疎外や、報われない愛であるとみなされてきた。しかし、たとえばパトリシア・イェーガーは『結婚式のメンバー』のフリーク的な身体表象に着目し、身体の合体と切断の表現のなかに「ユートピア的な社会の目標と、南部黒人と白人の子どもの公共空間へのアクセス」といった政治的主題を読みこんでいる（Yaeger, *Dirt and Desire* 一五二）。フランキーのトムボーイ性を軸として、登場人物たちの間に形成されるクィア的疑似家族関係を強調するクリステン・B・プロールや、思春期の少女の身体のグロテスク性に、規範的な南部女性性を凌駕する可能性を読み取るサラ・グリーソン゠ホワイトの議論も、その延長線上にあるものと考えてよいだろう。またダレン・ミラーは政治的読解の方向性をさらに推し進め、アフェクト研究の知見も取り入れながら本作を「ユートピア的ファンタジー」として読み解き、そこで描かれる、孤独と人とのつながりを同時に喚起するようなアフェクティヴな経験と、マッカラーズの思想の社会的側面との関係性を論じている（Millar 八九）。これらの先行研究をふまえ、『結婚式のメンバー』を、反逆する娘が連帯を希求する物語として読み直し、同時期の南部女性文学に重要な物語のパターンを先行的に提供した作品として考えてみたい。

フランキーにとって、年の離れた兄ジャーヴィスとその花嫁は、「あたしにとってのあたしたち（"They are the we of me"）」（McCullers 四二）だという。結婚式のメンバーとして兄とその花嫁に合流することは、少女にとって孤独を回避し、帰属意識と他者に受け入れられている感覚を得るための手段として理想化されている。フランキーはその計画をキッチンでベレニスとジョン・ヘンリー相手に語るだけでなく、町に出て様々な人々に語り聞かせている。それによって彼女は、他者とつながっているという強烈な幸福感を得ているのだ。つまり『結婚式のメンバー』は、思春期の少女がどのように世界を把握し、人種やジェンダー、階級によって分断され細分化された南部の公共空間を、連帯感に導かれてナビゲートしていくのかについての物語でもある。キッチンに集まる自分と同じ変わり者のふたりや、町を行く見知らぬ他人たちとの交流のなかで少女が感じる連帯感の根底には、同時代の深刻な社会的分断——南部の人種隔離と、時折作中で言及される第二次世界大戦におけるヨーロッパ戦線——が、重要な背景として存在している。十二歳のフランキーが必ずしもいま世界で起きていることを正確に理解しているわけではないにせよ、世界を分断する諸々の危機は、彼女の生活にも影を落としている。ベレニスをはじめとして、フランキーが親近感を持つ人物たちはしばしば黒人だ。少なくとも少女の中では、これらの人物たちは社会的アウトサイダーとしての位置づけと、それに伴う孤独感を共有しうる人間として想像されている。ある日フランキーは、町中をほっつき歩いて赤の他人相手に結婚式のメンバーになる計画を語りながら、町の黒人居住区域へ踏み込んでいく（McCullers 六二）。子どものころにメキシカンの扮装をして、片言のスペイン語をつぶやきながら同じ地域に出かけたとき、子どもたちに囲まれて歓待された経験を思い出したのだ。そのポジティヴな記憶に包まれながら、彼女は場末の酒場ブルー・ムーン・カフェをはじめ、良家の子女が行くべきではない場所にも足を踏み入れていく。フランキーのこうした越境行為はしかし、彼女が白人だから可能になることでもある。人種隔離の時代に、もしも同じ越境行為が境界線の向こう側に端を発していたならば、それは暴力や死に通じる危険性すら持っているのだから。そのうえであえていうならば、ジェンダー上のルールだけではなく同時代の人種関係のルールをも無視して境界線を越え、南部の田舎町にあってその外部、「結婚式のメンバー」になれるどこかを志向するフランキーの世界地図ナビゲーションは、白人少女の限定的な視点からではあれ、分断の時代に連帯の可能性を探るというこの小説の隠れたユートピア的主題を、効果的に表してはいるだろう。もちろん、ひとたび大人の世界の保護から離れれば、彼女が自由に歩いているつもりの街路はさしてユートピア的ではない。小説後半の、酔った兵士にフランキーが危うく暴行されかける場面は、そのことを端的に示している。

最終的には、本作でもっともユートピア的な空間は、フランキー、ベレニスとジョン・ヘンリーが無為に過ごすキッチンだ。そこで彼らは食事をし、カードゲームをして暇をつぶし、うだるような南部の夏の暑さをやり過ごしながら、とりとめなく会話する。ある日、自分自身の存在が疎ましく思われ、F・ジャスミン・アダムズという別名を名乗りはじめていたフランキーは、ベレニスにこう問いかける。

あたしがあたしで、あんたがあんただってことが、不思議だと思わない？　あたしはF・ジャスミン・アダムズ。あんたはベレニス・セイディー・ブラウン。あたしたちはおたがいを見ることも触れることもできるし、同じ部屋で年中一緒にいることだってできる。でもあたしはあたしで、あんたはあんたのまま。あたしはあたし以外のものにはなれないし、あんたもあんた以外のものにはなれない。(McCullers 一一四－一一五)。

ここでフランキーは、この小説全体が描く孤独感の根幹に触れている。理想的な「あたしにとってのあたしたち」とは違って、実際のところフランキーは孤独で、ほかの人間と決定的な差異を持つ一個の存在だ。だがこの問いかけは、驚くべき接触の瞬間を引き出す。疲れきったフランキーがべレニスの膝に腰かけ、その首に頭をもたせかけると、「ふたりはひとつの身体になって、ぴったりとくっついた」(McCullers 一一九)。そしてそのときベレニスは、フランキーの問いかけに対して、「あたしたちはみんな、自分自身にとらわれている(caught)」と答えるのだ。

誰だってとらわれていたくはないもんだけど、あたしのとらわれ方は、お前さんのよりひどい。〔中略〕あたしは黒人だからね。誰だって何かしらにとらわれてるけど、黒人たちはみんな、二重三重にとらわれてるんだ。自分たちだけで角っこの方に押し込められてね。まずは人間だからとらわれてるだろ。それから、黒人だからとらわれる。ときどきハニーみたいな子は、息ができなくなっちゃうんじゃないかって思う。何かをぶち壊すか、自分をぶち壊すか、それしかできなくなっちまうんだ。そうやってときどきあたしたちは、もう我慢できなくなるのさ。(McCullers 一一九―一二〇)

ハニーとは、ときどきキッチンに現れるベレニスの義理の弟で、「病気でふらふらしている(sick loose)」(McCullers 三八)人物として形容される。軍隊にも入れず、勤務中の負傷で障害が残ったために肉体労働の仕事にもありつけないハニーは、隔離時代の南部社会においてもっとも傷つきやすさを抱えた人物の一例だろう。ハニーや自分たちがいかに幾重にも「とらわれて」いるかを語ることによって、ベレニスは、フランキーの一見普遍的にも見える孤独や、共同体から切り離された自己というものに、同時代の人種隔離のコンテクストを持ち込み、それがもたらす特殊で強固な社会的分断を明るみに出している。フランキーの孤独とベレニスやハニーの「とらわれ」の間には、本質的な差異が横たわっているのだ。白人の少女がカジュアルな冒険心で黒人居留区に出かけていくことと、黒人が隔離されたスペースを抜け出て、白人の公共空間に足を踏み入れるのとでは、その行為の重みや結果が大きく異なっているのと同じように。ベレニスの言葉を受け入れてはじめて、フランキーはとらわれた人間は同時に「解き放たれて（loose）」もいるのではないか、そのことが逆説的に人と人とをつなぐ（join them up）のではないか、という思索に到達する（McCullers 一二〇–一二一）。その「解き放たれて（loose）」という語は、世の中に居場所を見出せずさまよっている（loose）ハニーの姿に触発されたものにも思える。

そうして問答がつづく中、「突然なぜそうなったのかもわからないうちに、三人は泣き出した。こういう夏の晩には、三人は急に一緒に歌いだすことがあったけど、ちょうどそんな感じで、まったく同時に泣き出したのだ」（McCullers 一二二）。この場面は小説中でも最も力強く情動が発露する瞬間だろう。ただし三人が泣いている理由は、てんでばらばらだ。ジョン・ヘンリーは嫉妬から、ベレニスは人種の話をしたり死んだ恋人のことを思い出したりしたから、そしてフランキーは切りすぎた髪やがさがさの肘など、受け入れがたい自己の身体のありさまを思って泣いているのだ。だがまったく異なる理由からであれ、三人は悲しみとも興奮とも高揚ともつかない分節化しがたい感情を抱え、それがあふれ出す瞬間を歌うように共有し、共通の連帯意識に向けて「とらわれた」自己を開いていくのだ。彼女たちの抱擁や涙は、物語レベルでは特定の運動や変化に直接結びついていくことはない。だからこそこの作品は、ほかのマッカラーズ同様、個人の欲望が他者のそれと結びつき損ね、落胆に終わる悲劇、人間の孤独についての物語として読まれがちなのだ。しかしダレン・ミラーが論じるように、「孤独は悲劇の基底をなす一方で、社会的な場において何かを生み出す力――情動――を示すものでもある。この力は悲劇に通じるのではなく、むしろ正反対に、個人の希望が退けられたあとも、つながりという社会的な夢が存在しつづけることを可能にするようなものなのだ」(Millar 九五)。キッチンに集う三人の「結婚式のメンバー」たちは、たがいに差異を持ち、隔てられた個人でありながらも、たがいの身体に触れ合い、涙を共有することによって親密さを育て、隔離時代の南部という人種的分断の空間に対するオルタナティヴとして、ユートピア的連帯の可能性に満ちた世界を現出させる。やがてジョン・ヘンリーの突然の死と、フランキーの引っ越し、それに伴うベレニスの退職によって、キッチンの無為でありながら濃密な時間は終わりを迎えることになる。だが反逆する娘による身体感覚に根差した連帯への希求は、その後の南部女性文学にも受け継がれていく。

リリアン・スミスと南部的身体

リリアン・スミスの『夢を殺した人たち』は、マッカラーズの作品とほぼ同時期に出版された。それは明確な政治的意図をもって書かれた自伝的作品で、反人種隔離のアクティヴィズムと、独特の詩的情緒に富んだモダニスト的文体が稀有なかたちで結びついている。『夢を殺した人たち』におけるスミスの主張の骨子は、南部の生活の一部でありながら公共空間から排除されている黒人の存在や人種関係と、性的規範の強く働く南部におけるセクシュアリティは、いずれも確固として存在しながらそれについて語ることのできない事柄として多くの南部白人の意識に刷り込まれている、ということだ。社会的禁忌としての人種と性を結びつける作者の想像力は、彼女自身がクローゼットのレズビアンであったこととも深くかかわっているだろう。欲望と罪の意識によって分断された南部女性としてのみずからの身体を、人種隔離によって分断された南部の公共空間に重ね合わせることで、スミスは南部社会の人種と性の規範に対する鋭いクリティークを提出したのだった。『夢を殺した人たち』は南部研究における基本テクストのひとつとみなされている。たとえばフレッド・ホブソンによる、個人のアイデンティティと南部の地域性を重ね合わせる南部人の自己語りの伝統の上に、ほかの男性知識人たちに並んでスミスを位置づけた著作や、ウィリアム・フォークナーの創作に、スミスと共通する南部白人の人種関係をめぐる「トラウマ的心理過程」（平石 二〇八）を読み込む平石貴樹の議論は、そうしたキャノン形成に寄与したといえる。ジェイ・ワトソン、スコット・ローマイン、マッケイ・ジェンキンスらは、さらにそこから踏み込んで、人種とセクシュアリティを南部女性の身体性において結びつけて語るレトリックをより詳しく論じている。[4] スミスの身体性へのこだわりとその強い政治性は、いま読み直すとあたかも第二波フェミニズムのスローガン、「個人的なことは政治的なことだ（the personal is political）」を先取りしているかのようだが、個人の身体を出発点に社会性を持ったナラティヴを志向するのは、南部女性作家たちに共通して見られる傾向でもある。パトリシア・イェーガーが指摘したように、「壊れた身体を通して語るという戦略」は、南部女性作家にとってはなじみ深いものだった（Yaeger 二四二）のだし、政治イデオロギーとは何よりも主体の身体においてその浸透が生々しく経験されるものだということを、南部女性作家の文学に頻出する分断されたグロテスクな身体表象ほどわかりやすく示すものはないだろう。ならばそのような身体そのものをさらけ出して共有し、政治的抵抗の、そして連帯の契機となる社会的空間へと変容させることもまた、スミスら女性作家たちにとっては、二〇世紀的な感傷のレトリックの実践であったのかもしれない。

『夢を殺した人たち』はスミスの自伝だが、典型的な反逆する娘のナラティヴでもある。というのもスミスは、南部社会の人種関係について語る際に、まず自分の両親について語らなければならなかったからだ。人種の分断は、南部白人、とりわけ善悪の判断基準における矛盾によって混乱する子どもたちに、深い心理的ダメージを与える。「やさしさや愛や共感について教えてくれた母は、黒人を『いるべき場所』に留めておくという殺伐とした儀式についても教えたのだった。製材所で働く親を持つクラスメートたちを見下すような態度を取ったことでわたしを叱った父、そこからさらに『人類はみなきょうだいである』ことを切に思い出させようとした父は、あらゆる黒人男性に厳格な礼儀作法をもって接することを求めるよう、わたしをしつけもした」(Smith 二七)。人権の擁護者としてふるまいながら黒人を排除することに何ら疑問を感じない両親の態度は、少女時代のスミスを激しい精神的混乱に陥れた。それゆえ彼女のアクティヴィズムは、まずは自分自身の親に対する反逆として現れなければならなかった。

その反逆を最も印象的に提示しているのは第一章だ。スミスは、人種隔離の矛盾と南部のきびしい性的規範を同時に彼女に悟らせることになった出来事について詳細に語っている。「わが家では、黒人についても、セックスについても、きちんと話し合いがされることはあまりなかった」と、スミスは少女時代を振り返る(Smith 二七)。作品の序盤から、このふたつはスミスのなかで明確な関連性を持っている。町の黒人居住区に新しく引っ越してきた家族の一員にとりわけ肌のトーンが明るい子どもがおり、白人たちは少女が黒人家族に誘拐された白人だと結論づける。ジェイニーというその少女は白人たちによって連れ出され、スミスの家に住むことになった。ジェイニーと年の近いスミスはこの出来事に興奮し、遊び相手になり、洋服やおもちゃを惜しみなく共有した。だが結局ジェイニーが黒人だったことが判明すると、スミスの母はジェイニーを家に置くことはできない、といい放つ。スミスはなぜ、と母を問い詰めるが、母は答えようとせずに部屋を出ていってしまう。混乱と罪悪感でずたずたになったスミスは、心を落ち着かせるためにピアノに向かう。ここで本作のもっとも重要な瞬間が訪れる。無心にピアノを弾くスミスの傍らにジェイニーが腰かけ、そっとその身体に腕を回すのだ。ジェイニーに触れられたスミスは「服の下の身体を露わにされたような」感覚を覚え、思わず飛びのいてしまう。「わたしは何も、一言もいわなかったけれど、［ジェイニー］は知っていたのだ。そして、小さな白いその顔から、涙がこぼれ落ちた」（Smith 三八）。ジェイニーが知っていたこととは何だろう。それはもちろん、自分が白人だと思われたためにいったんは家族から引き離され、今度は黒人だとわかったためにスミス家を去らなければならないという理不尽でしかない事情についてだろう。だがそれは同時に、人種を超えた親密さをたがいの身体において表現し合う、少女たちの希求であり欲望でもあったのではないか。『アブサロム、アブサロム！』の接触の場面を否応なく想起させる、黒人の少女による親密さのジェスチャーは、人種の、そして性のタブーを破って白人の少女に達し、彼女の身体に電気が走るような衝撃を与える。自己と他者の境界線をはみ出し、服の下の生身の身体につきつけられるこの触れ合いの感覚こそが、数十年の後に、かつての少女をしてこの反人種隔離の書を書かせる契機となったものだった。

人種間の親密さは、『夢を殺した人たち』のユートピア的ヴィジョンの中心的位置を占めている。

これはスミスが人種間の恋愛やその結果として行使される暴力といったセンセーショナルな内容で物議を醸しつつベストセラーになった長編小説『奇妙な果実』（一九四四）においてすでに取り組んでいたことだが、自伝の第三章でも、新たな文脈を加えつつその主題を再訪している。たとえば「裏庭の誘惑」と彼女が呼ぶものがそれだ。スミスはプロテスタント的な節制の倫理の陰で、多くの南部白人男性が（多くの場合レイプによって）黒人女性と関係を持つに至るメカニズムを詳細に解説している。ジェンキンスによればこの章においてスミスはおそらく『アブサロム』の人種関係を意識していたというが（Jenkins 一二八）、その描写において際立つのは修正主義的ともいえる黒人女性の描写だ。彼女はこう書いている。「黒人女性たちは人生を、戯れることをこよなく愛し、身体の優美さとリズムと性心理的な活力を持ち、それに比べると白人は疲れきって、すばらしさと活力の源泉が枯渇しているように見えたにちがいない」（Smith 一一七）。黒人女性と性的活力や生命力とを一義的に結びつけるのは、彼女たちの存在を性愛化する危うい論理ではあるが、スミスのここでの意図は、社会の表面を支配する家父長制とは別の、裏庭における「母系的」な生と性のあり方や、当事者のより自由な選択に基づいたパートナーシップの可能性を強調することにあったのだろう。もちろんその思考のプロセスにおいては、白人男性と黒人女性の現実の関係における非対称性が十分に考慮されているとはいえない。だが一方で、ワトソンの言葉を借りれば、スミスによる黒人の身体性の描写は、「奴隷制下で生まれ、人種隔離時代にも受け継がれた黒人の身体的経験に基づく反イデオロギー」のあらわれである（Watson 四八二）。人種的他者を表象することにおいて、あえて身体の次元にとどまることによってスミスが強調する、いやむしろ希求するのは、接触という身体への刺激が開く可能性の次元だ。それは南部の空間にありえたかもしれないユートピア的な連帯、ヒエラルキーから解き放たれて愛に満ちた関係を、主体の身体的実存において欲望することなのだ。そのようなユートピア的次元において、精神と身体はふたたび融合し、その健康的なバランスのもとに他者との関係を持つことが可能になる。そうスミスは主張する。

言語以前の身体的な親密さの感覚の重要性を一層強調するのは、同じ章で描かれる、南部家庭の白人の子どもと黒人の乳母の関係だろう。かつて中流以上の白人家庭においては母親が黒人のドメスティック・ワーカーに家事育児を任せるのは一般的なことだったが、そのことが人種を超えた親密さの創出につながったと主張して、スミスはこう書いている。

> 昔は、白人の子どもは「マミー」こと黒人の乳母を、小さな子どもだけが感じるような情熱をもって愛していたのだ。子どもが慣れ親しんだその暗くヴェルヴェットのような輝きを持つ肌や、暖かくて厚みのある胸や、朗々としてこちらを落ち着かせてくれるような声や、鷹揚とした心の持ちよう。やさしくて、性的不安からほぼ解き放たれた魂に触れているかのようだ。子どもが思春期や成年に達して、こうした深遠なほどの快感を取り戻そうとす

るのも無理からぬことだ。時にそうした男性は文化的なバリアにもめげず、やさしく情熱的で満足できる関係性を見出してかたちづくり、誠意を尽くした。それはみずからの精神や性格にとって不名誉な関係だった。けれどもそれは常に、白人としての生活では見出すことのできないような、古くからの望みと欲望だったのだ。(Smith 一二三―一二四)

ここでスミスは、乳母と子どもの親密さが南部白人に、実の母親からは得られない原初的なケアの感覚を与えるのだと語り、そしてそれはのちに性的対象を選ぶ際にも影響しうるとまで示唆している。ドメスティック・ワーカーをひたすら身体的存在として描くことや、それが子どもの後世の(実際には対称性を欠いているかもしれないような)性愛関係のあり方を決定しうるという主張が白人中心主義的なものであることは否めないが、先にも述べたように、スミスがあえて身体性にこだわるのは、言葉で名指すことのできない経験として人種間の親密さを、隔離された社会空間と対比的に描き出すためだろう。この章の最後では、スミスは自分自身の乳母の記憶について語っている。妹が生まれたばかりのころ、両親がそちらにかかりきりになって自分の相手をしてくれないことに不満を覚えたスミスは、親のケアを自分に向けさせるために食べることを拒否し、衰弱してしまう。弱りきった少女はそこで、裏庭に住む乳母のクロエのもとに送られる(Smith 一三〇)。クロエはあらゆる食べ物をやわらかくかみ砕くと、口移しで幼いスミスに与え、親によるケアの欠如を癒して少女を回復へと導いた。「乳母」という言葉は必然的にその背後にある人種間のヒエラルキーを示唆してしまうが、興味深いのは、スミスがこの描写におけるクロエとの関係を女性同士の親密さとして強調していることだろう。「こういう女性とのこういう関係は、彼女を『乳母』のレッテルを貼る意味論的なトリックで退けきれるものではない」と、スミスはいう（Smith 一二七）。「乳母」と「白人の子ども」の社会関係を超えて、ケアの主体にして愛情の対象としてのクロエの存在を表現するため、この場面においてスミスは言語体系の外にある身体的な親密さの記憶を語ろうとしている。ジェイニーとの火花が散るような接触や、クロエによって咀嚼された生温かく柔らかな食べ物が体内に入ってくる瞬間の感覚こそが、スミスの創作のユートピア的ヴィジョンとラディカルな政治性の基底にあるものだ。彼女にとっては、身体こそが連帯を可能にする感傷の磁場なのだ。

『さあ、見張りを立てよ』と親密さの喪失

ハーパー・リーの『アラバマ物語』の「続編」とされる原稿が発見され、前作から五十五年を経て二〇一五年に『さあ、見張りを立てよ』のタイトルで出版されたのは、その年のアメリカ文壇における事件だった。この小説は『アラバマ』のドラフトとして一九五〇年代後半に執筆されたのだが日の目を見ず、そのうち子ども時代の回想部分だけを大きく引き伸ばして書き上げられたのが、

実際の『アラバマ』ということになっている。物語の内容としては『アラバマ』の後日譚ということになり、オーバーオールを着たトムボーイの小学生として多くの読者に記憶されているスカウト・フィンチは、『さあ、見張りを立てよ』では二十代の娘ジーン・ルイーズに成長している。作品の焦点は、大人になったジーン・ルイーズが南部に帰郷して抱く、父や故郷の町メイコームに対するジレンマに移っている。兄のジェムは亡くなっており、その代わりに、子供時代からの友人で、アティカスを助ける若い弁護士ヘンリーが、恋人役として登場する。『アラバマ』では非の打ちどころのない正義の弁護士にして心やさしい父であったアティカスが、レイシストの根城であるシティ・カウンシルのメンバーとして会合に出席するのをジーン・ルイーズは目撃し、自分が生きてきた世界が崩れ去るかのような衝撃を受ける。その衝撃から少しずつ回復し、父親を絶対的な存在ではなくひとりの人間として認めるところで、物語は幕を閉じる。

一九六〇年に出版された『アラバマ物語』は、公民権運動時代の代表的文学作品としてアメリカ文学のキャノンに位置づけられる作品であり、国内の教育カリキュラムにも幅広く採用され、多くの読者は中学校の授業の教材としてこの作品に出会う。恐慌期の南部を舞台に、人種隔離と暴力の時代にあって「他者の靴をはく」ことを通した共感と連帯を説くアティカス・フィンチの思想は、奴隷制以来の複雑な人種関係の歴史のなかで発展してきたアメリカのリベラリズムの根幹をなすものだといえる。それゆえに、『さあ、見張りを立てよ』にアティカスの保守性（正確には、現実主義に根差して急激な人種統合には慎重になるといった、同時代の南部知識人においてはさして例外的でもなかった態度）は、一部の読者にとって大きな幻滅だった。奇妙な符号だが、時間の経過とともに不可避的に訪れる「幻滅」は、『見張りを立てよ』の主題そのものでもある。『さあ、見張りを立てよ』の読者は、作品自体の変質と、主人公が物語内で感じている世界の変質において、二重に幻滅を感じることになる。

主人公のジーン・ルイーズを支配している基本的な感情は、怒りとフラストレーションだ。元トムボーイのジーン・ルイーズは、幾分の女性らしさを身に着けはしたものの、本質的には現在も反逆する娘である。そしてその反逆は、父アティカスに対する幻滅に結実していく。彼女は結婚や、ニューヨークから保守的なメイコームに帰るという退屈な選択肢を選ぶ気がせず、ゆえに恋人のヘンリーを完全には受け入れられない。保守的な叔母のアレクザンドラとは、しばしば激しく衝突する。アレクザンドラは『アラバマ』でも、南部の淑女の規範をスカウトに押しつける人物として描かれてはいたが、本作ではさらにその部分が誇張され、叔母はメイコームの人種的、性的な保守性を一身に体現する人物として描かれる。このようにジーン・ルイーズを取り囲む世界はかなり鬱々としたものであるが、その一因は、『アラバマ』に存在していた家族や周辺人物同士の親密な関係性が、本作においてはほぼ欠落していることにある。最も近しい存在だった兄のジェムは死に、毎年夏を一緒に過ごした友人ディル（リーの幼馴染である作家トルーマン・カポーティがモデルといわれる）ももう帰ってこない。作中で重要な役割を果たす町の変人、ブー・ラドリーももはや登場しない。唯一ジーン・ルイーズが親密にしているといえるのはヘンリーだが、彼が地元メイコームで政治家になることを目指していることがわかると関係はぎくしゃくし、理想的な父としてのアティカスを失ったジーン・ルイーズの話し相手になるのは、叔父のドクター・フィンチぐらいである。

そして何より重要なのは、社会を、家族を分断し、ばらばらにする制度としての人種隔離が作中のいたるところで強調されているにもかかわらず、そうした分断に対する贖（あがな）いの瞬間が本作には存在しないことだ。この不在の中心に位置するのは、ジーン・ルイーズの子ども時代にフィンチ家でドメスティック・ワーカーとして働いていたカルパーニアだ。男やもめのアティカスを助けてスカウトとジェムを育て、読み書きすら教えたカルパーニアは、かわいがっていたジェムの死後、家政婦の仕事から引退していた。『見張りを立てよ』の最良の部分は、主に『アラバマ』における現在に当たるスカウトの子ども時代の回想シーンにあるが、なかでも重要な場面に、スカウトが初潮を迎える時期のエピソードがある。生理が来て男の子たちと乱暴な遊びもできなくなり、トムボーイとしての自己を失う不安にさいなまれるスカウトに、追い打ちをかけるようにある事件が起きる。ある男の子に突然キスされたスカウトは、フレンチ・キスをすると女は妊娠するというクラスメートの戯言を信じきってしまい、一年近く悶々と恐ろしい出産の瞬間を待つことになる。計算上の予定日に、スカウトは耐えきれなくなって飛び降り自殺しようとするが、間一髪でヘンリーに助けられ、カルパーニアの待つ家に送られる。そこでカルパーニアは、スカウトを膝に座らせ、小さいころに常にそうしていたように温かく彼女を抱きしめ、妊娠などしていないこと、子どものできる仕組みの本当のところを教えてくれる。ジーン・ルイーズが聞いているうちに、「ゆっくりと、慎重に、カルパーニアは彼女にごく単純な話をした。ジーン・ルイーズが聞いているうちに、一年間溜め込んでいた不快な情報が砕けて、透き通る水晶のデザインへと変化していった。カルパーニアのしゃがれ声を聞くと、一年間積もり積もった恐怖もどこかに行ってしまって、ジーン・ルイーズは生き返ったような気がした。深く息を吸い込み、涼しい秋の空気が喉を満たしていくのを感じた。キッチンではソーセージが音を立てて焼けていて、居間のテーブルには兄のスポーツ雑誌のコレクションが置いてあり、カルパーニアの整髪料の甘くて苦い匂いがしていた」(Lee 一三七)。これは母親を早くに亡くしたスカウトにとって、カルパーニアが代理母的存在であることがよくわかる場面であるとともに、カルパーニアとの間にある精神的でもあり身体的でもある親密さが、スカウトにとっての充実した生の感覚の基礎をかたちづくっていたことをも示している。

一方、『見張りを立てよ』の現在では、カルパーニアとジーン・ルイーズの親密さは、完全に失われたものとして描かれる。ジーン・ルイーズは、孫息子が白人をひき殺してしまうという事件を起こし、悲嘆に暮れるカルパーニアを慰めるために彼女の家を訪れる。子ども時代、フィンチ家で働いていた当時は、スカウトやジェム、アティカスに対して標準英語で話していたカルパーニアだったが、大人になったジーン・ルイーズに対しては赤の他人のように接する。彼女は「カンパニー・マナーズ」、つまり、見知らぬ白人と話すときのようなよそよそしい態度を取り、わざと品詞を脱落させたり誤った文法を使って話し、トラブルを回避するために無学で無害な「黒人」を演じて見せる。かつて親密さで結ばれていたはずのカルパーニアが自分にそれをするのを目の当たりにしたジーン・ルイーズは、立ち直れないほどのショックを受ける（Lee 一五九―六〇）。昔だったらスカウトに触れたはずのカルパーニアの腕は、椅子のひじ掛けの上にとどまったままだ。「カル、カル、カル、一体どうしたの？ 何があったっていうの？ あたしはカルのベイビーだよ、忘れたの？ どうしてあたしを閉め出そうとするの？ 何やってるの？」絶望にかられたジーン・ルイーズが問いかけると、カルパーニアはこう答える。「あんたたちこそ、あたしたちに何をなすっているんで？」（Lee 一六〇）。今やふたりは黒人使用人が白人の主人に話しかけるときのような、偽りの形式的な受け答えを通じて、「あたしたち」と「あんたたち」とに分断されてしまったのだ。これはジーン・ルイーズにとって、アティカスに対するものにも匹敵するような究極的な幻滅の瞬間だ。

マッカラーズやスミスの作品同様、『さあ、見張りを立てよ』もまた、成長物語の枠組みを使いながらも、主人公が成長をポジティヴなものとして受け入れられないさまを、分断の比喩を用いて主題化している。成長することとは自己内部の分断を受け入れること、子ども時代の身体的な親密さを失い、自己と他者の分離を前提として生きていくことなのだ。このプロセスを受け入れられないジーン・ルイーズは、すべての原因を保守的な町メイコームと、そこに住む父や叔母や恋人に着せ、罵詈雑言を吐き、父アティカスに至ってはヒトラーにたとえさえした末に、町を去ろうとする（Lee 二五二）。そこで、ふだんは穏健なドクター・フィンチが、往復ビンタを放って彼女の目を覚まさせるのだった。地面に倒れ込んだジーン・ルイーズは、文字通り痛みとともに、他人を受け入れることを学ぶことになる。アティカスに深い幻滅を覚えたジーン・ルイーズに対し、ドクター・フィンチは、まさにそこにこそ父親の意図があったことをいい聞かせる。「お前さんは自分を殺さなくてはならなかったのさ。さもなきゃアティカスがお前さんを殺してただろうよ。お前さんが父親とは別個の存在として機能できるようにね」（Lee 二六五）。ドクター・フィンチがいうように、過去の自分を殺すことは、彼女が父とは独立した人間として生きるために必要なことだった。偉大な父のではなく自分自身の良心を「見張り人（watchman）」、つまり判断基準として持つことが、大人になったトムボーイには求められていたのだ。ただし、自分と父の差異を悟ることは、自己と他者の境界線を知り、同一化の夢をあきらめることでもある。小説の結末で父と和解し、「黙って彼が人間であることを受け入れた」ジーン・ルイーズは、「刺されたような衝撃を覚えて身を震わせた」（Lee 二七八）。正義を代表する完璧な存在であった父親もまたただの人間であることを、身体的ショックとともに受け入れる、そこに反逆する娘のかすかな成長がある。そう考えるとジーン・ルイーズとアティカスの関係は、『アラバマ物語』と『さあ、見張りを立てよ』という小説同士の関係にとことん類似している。後者がすっきりとした結末を持たず、ジーン・ルイーズのその後の人生の選択も示されずに半ばもやもやとしたまま終わるのは、大きな社会的影響力を持つ作品へと成長した前作と、どのように距離を取り、あるいはそれを超えるヴィジョンを示すことができるのか、という問題に直面した作者自身の逡巡でもあり、その逡巡が、成長しきれない反逆する娘像に結実しているようにも思える。一九六四年の公民権法の成立まで数年を残した時点で書かれたことになっている今作は、社会的統合の可能性がいまだ不透明であるような状況に対する不安を、トムボーイと反逆する二十代の女性を完全に統合しきれないまま、ユートピア的な子ども時代と鬱々とした現在に分断された主人公の姿に込めていた、と、ひとまずはいえるのだろう。

以上見てきたように、二〇世紀半ばに書かれたこれらの南部女性作家による作品群は、トムボーイ的な反逆する娘の表象を通して、人種隔離時代の南部における政治的な、そして感情面での統合の可能性を追求していた。伝統的な一九世紀の感傷小説は、（たとえば子を持つ女性としての）自己と他者との同質性を自明の前提として、共感を強力な政治的レトリックとして提示していた。一方、南部作家の作品群は、社会的規範から逸脱し他者化される反逆的な娘の自意識や、自己と他者の間に存在する決定的な差異を起点としながらも、同じく他者化される別の主体たちとの個人的な、しかし政治的で社会的でもあるような連帯にたどり着くことをめざしていた。マッカラーズ、スミス、リーのいずれの作家の作品においても、その連帯は、言語以前の身体的な感覚に支えられており、他者と共有され、増幅されていく可能性を持つ情動の交歓として、個々の作品に刻み込まれている。その意味で、本章で取り上げた作品群は、従来の一九世紀的な感傷小説の持つ政治性と過剰な情動を喚起する表象のパターンを二〇世紀の南部において展開しつつ、そこに重要な批評的介入を加えているといえるだろう。

第3章

『ヒックとドラゴン』における障害、動物、成長物語

障害と動物が交わるところ

近年は障害学やエコクリティシズム、環境人文学や動物倫理学といった人文学の諸分野において、それぞれの問題系の交差性／インターセクショナリティに注目が集まるようになってきた。アイデンティティや主体性のカテゴリーのなかでも、障害を持つ主体と動物・非人間の主体に共通する抑圧の形態や、そうした存在の差異がいかに本質化され、スティグマ化されるのかを探求するような知的試みが、アカデミアの内外で見られる。なかでも印象的な著作のひとつは、障害者運動のアクティヴィストであり、みずから障害当事者でもある画家で作家のスナウラ・テイラーの『荷を

引く獣たち――動物の解放と障害者の解放』（二〇一七）だ。そのなかでテイラーはこう述べている。「目を凝らせば凝らすほど、障害化された身体（disabled body）は、こんにちのアメリカにおける障害をもった心身の抑圧のされ方と、不可分の関係にあるということに、気づかずにはいられないのである。ある考えが閃いた――もし動物と障害の抑圧がもつれ合っているのならば、解放への道のりもまた、結びついているのではないか」（一七）。テイラーの議論の下敷きとなるのは、従来は対立し合うものと見られてきた障害者の権利と動物の権利のうちに関連性やもつれ合いを見出すことだ。障害者の権利運動は伝統的に障害者の「（動物以上の存在であるということを含み持つ）人間性」を主張してきたし、逆に動物擁護運動は動物のうちにある種の「人間性」、あるいは人間と等しい道徳的価値を見出してきた。つまりそこには、それぞれの主体が「人間性」への近似値を競い合うという、紛れもない人間中心主義的な論理構造があった。しかし障害者の権利と動物の権利はたがいを排除し合うことが成立条件なのではなく、むしろたがいに寄りかかるようなものなのではないか。だとすればテイラーが主張するように、人間中心主義、さらに健常者中心主義によってそれぞれに抑圧されてきたふたつの主体には、共通の抵抗と解放の可能性があると考えることもできるだろう。

このような障害と動物の複雑な交差性や相互依存性をいち早く子ども向けアニメーション分野において取り入れていたのが、ドリームワークスの３Ｄ作品『ヒックとドラゴン』（*How to Train Your*

Dragon 二〇一〇）の映画版第一作である。この作品は、ポピュラー・カルチャーがある特定の物語のかたちの追求を通して社会のなかの問題系を掬い取って生み出す表現のよき具体例となっている。本章では、この作品で描かれる人間とドラゴンの関係性が、障害と動物、さらには男性性といった複雑な主題系のもつれ合いにおいて探求されているさまを分析し、そこでどのように新しい物語のかたちが創出されているのかを考えてみたい。

『ヒックとドラゴン』における障害の主題

映画版『ヒックとドラゴン』(2010)
Production: DreamWorks Animation
Distributed by Paramount Pictures

クレシッダ・コーウェルによる同名の児童文学シリーズ（全一二巻、二〇〇三―一四、二〇一二［外伝］）を原作とする『ヒックとドラゴン』は二〇一〇年に映画化され、HBOのテレビシリーズ『ゲーム・オブ・スローンズ』（二〇一一―一九）やマーベルのMCU作品『マイティ・ソー』（二〇一一）と同様、中世風の舞台設定や北欧神話、ヴァイキング物語の要素を取り入れたファンタジー作品の嚆矢となった。ドリームワークス作品としても『シュレック』（二〇〇一―一一）や『マダガスカル』（二〇〇五―一二）シリーズにも引けを取らない人気作となり、TVシリーズ化もされた。コーウェルによる原作とドリームワークス・フランチャイズ作品ではその内容やキャラクター設定などが大きく異なっており、とりわけ原作がシリーズ序盤では比較的低年齢層をターゲットに『ハリー・ポッター』シリーズ風の長編ファンタジーと『グレッグのダメ日記シリーズ』的なスラップスティック・コメディを足して二で割ったような作風である一方、映画版はそれよりやや上の年齢の視聴者層に向け、笑いも取り込みつつ基本的にはシリアスな雰囲気の作品となっている。映画化プロジェクトは二〇〇四年ごろから始動し、当初は原作に忠実なプロットであったというが、ディズニーで『リロ・アンド・スティッチ』（二〇〇二）を手がけたクリス・サンダースとディーン・デュボアが監督に据えられてからは、映画オリジナルの要素が大きくなったとされる（"First look: DreamWorks' 3-D 'How to Train Your Dragon'"）。もっとも大きな変更点は、ドラゴンの言語を操ることができるという原作でのヒックの特殊能力が映画ではなくなっていること、そして原作にはなかった障害の主題が映画では導入されていることだ。つまり、ドラゴンとの言語的コミュニケーションが撤廃されたことで映画版におけるドラゴンはよりリアリスティックに「動物」らしく描かれ（キャラクターデザインでも豹など哺乳類の動きが大いに参考にされている）、意思疎通がそれほど容易ではない存在になっている。一方で原作にはなかった障害のモチーフが映画においてはプロットを動かす重要な要素となり、動物と人間の関係構築において大きな役割を果たす。なぜ障害の主題を導入するに至ったのかについて、クリエーターたちはその意図を明らかにはしていない。障害を採り入れたアニメーションではたとえばディズニー／ピクサーの『ファインディング・ニモ』（二〇〇三）が先行作品として存在するが、同様の主題を扱ったものは同時期ではほかにあまり見られない。想像するに、映画版『ヒックとドラゴン』では障害の問題を正面から扱うためというよりは、男性性の新しいモデルを若いオーディエンスに対して提示するための文彩（トロープ）として、障害が必要になったのではないだろうか。そもそも原作ブックシリーズにしても、伝統的なヒーロー像が子どもたちにとってすでにリアリティを失った時代に、オフビートでどこか冷めた目線を持ち、ふざけたところのある（しかしやる気になればそこそこ能力の高さを発揮することもできる）主人公ヒックが人気を博したのであり、アニメーション分野でも、（量産されつつあったヤングアダルト〜大人向けの実写スーパーヒーロー映画とはやや異なるかたちで）強くやさしくかっこよく、要はなんの瑕（きず）もないど真ん中の男性ヒーローを描くのではなく、むしろ反省的に男性性について考えさせるような作品が模索されていたのではないか、とひとまずは考えられる。

『ヒックとドラゴン』の舞台はヴァイキングたちが住む想像上の島、バークに設定されており、そこではヴァイキングとドラゴンが継続的な闘争状態にある。ドラゴンは邪悪で危険な存在だとみなされており、ヴァイキングの共同体では、ドラゴンを倒す能力が何よりも重視される。主人公ヒックはヴァイキングの長ストイックの息子だが、身体的な強さや攻撃性といった典型的なヴァイキング資質を欠いたギーク的な人物として描かれている。ヒックは戦闘能力の低さから戦士ではなく鍛冶の修行をしており、父や共同体からの承認を得るための唯一の手段として武器の発明に勤しんでいるが、ドラゴン襲来に際して手製の投擲器を使ったところ、まぐれ当たりで伝説的な無敵のドラゴン、ナイト・フューリーを打ち落としてしまう。この攻撃の結果、ナイト・フューリーは尾の小翼の片方を失って飛ぶことができなくなり、不憫に思ったヒックはドラゴンをトゥースレス（日本語版ではトゥースとなっているが、それだと正反対の意味になってしまうので、ここでは元の名前で表記する）と名づけて、ひそかに友情を育んでいく。飛べないトゥースレスのためにヒックは補綴（prothesis「プロテーゼ」とも）としての人工尾翼をつくり出して与える。物語の展開上ことさら強調されているわけではないので、ややもすれば見落としてしまいそうなのだが、トゥースレスに障害を与えるのがヒックだということは実は重要だ。少年の共同体における周縁化と、翼の喪失によって飛ぶ能力を失い、ドラゴン特有の能力が大きく損なわれた状態にあるトゥースレスの存在が、そこでは重ね合わされているからだ。両者の類似性は、後述するように物語の結末で、ヒック自身が片脚を失い障害者となることで完全なものになる。

ヒックとトゥースレスの関係を中心にして、『ヒックとドラゴン』の物語には障害や身体的もしくは心理的な欠損、欠落の表象が数多く見られる。ヤングアダルト文学における障害と環境の主題を分析するフィービー・チェンによれば、それらの作品では登場人物の障害が、その人物を周囲の環境と調和したエコロジカルな主体として描き出すために用いられているという（Chen 二〇〇）。障害のある身体はある種の社会的困難をもたらすかもしれないが、その一方で、たとえば障害がなければ可能にならないような他の感覚の活性化や、障害があってはじめて可能になるような他者関係をめぐる新しい視点の創出を通して、非人間的存在がかたちづくる生態圏とのかかわりを経験するためのプラットフォームにもなりえる。これは『ヒックとドラゴン』の物語の型にもあてはまることで、人間ヒックと非人間＝ドラゴンのトゥースレスは、たがいの障害を通して触れ合うようになり、やがてその経験は、伝統的なヴァイキングの自然観・動物観に変化をもたらしていく。バークの共同体では所与のものと考えられていた人間とドラゴンの永続的な敵対関係、さらには、ドラゴンとの闘争のなかで理想化されてきた過剰な男性性が、その過程で再検討されていくことになる。

ヒックは物語の初めから障害を持っているわけではないが、ヴァイキングの共同体における彼の身体的、および感情面での逸脱は再三強調されている。登場人物たちはアイデンティティの全体性やその欠如に強い関心を抱いており、そうした全体性は、理想的な男性性と深く結びついている一方で、人間中心主義や健常者中心主義に根ざしてもいる。身体的な健常性や統合性を備えたヴァイキング男性を中心に、ドラゴンを倒すことの攻撃性こそ望ましいものとされるような環境にあって、ヒックという人物は、ヴァイキングの首領の息子でありながら、ヴァイキング的でないすべてのものを代表している。障害学研究者ローズマリー・ガーランドートムソンの言葉を借りれば、彼の身体は周辺環境に対する不適合性をあらわにする「ミスフィット」なのだ。極寒の地バークのきびしい環境でプレデターとしてのドラゴンと戦う能力を持たないひ弱なヒックは、ドラゴンが襲来すると、戦闘能力の欠如のためにその場から身を隠すことを余儀なくされている。

全体性とその欠如に対するヴァイキングたちのこだわりは、たとえばヒックと周囲のヴァイキング男性たちとのやりとりで繰り返し現れる表現、「僕の全部（"all 1 of me"）」において顕著である。作品序盤でポンコツ投擲器を作って対ドラゴン戦に役立とうとするも、かえって疎ましがられているヒックと、その指導役のゲップとの会話では、この表現は次のように使われている。

ゲップ「もし出て行ってドラゴンと戦いたいんだったら、こういうことは全部（"all this"）やめなきゃダメだ。」

ヒック「僕の全部（"all 1 of me"）を指して言ったね。」

ゲップ「そうだ。お前の全部を直せ（"Stop being all of you"）。」

ヴァイキングの世界では、ヒックが身に纏うあらゆるもの——身体的な脆弱性、ギークらしさ、男らしくなさ——は、共同体のメンバーとして機能するためには望ましくない「ミスフィット」的な特性であり、否定されるべき欠如とみなされる。このやりとりはヒックと父親ストイックの会話でも反復されていて、ドラゴンを殺すことができないと吐露する息子に対して父親は、ほかのヴァイキングと同じように斧を携え、同じように歩き、同じように話し、同じように思考し、要はヒックらしい行動様式のすべてを捨てるように促す（「こういうのは全部…もうやめるんだ（"No more of…this"）」）。ここでもヒックは、「僕の全部（"all I of me"）を指して言ってるよね」と、諦念を交えて反復的に応答している。

興味深いことに、障害、とりわけ身体的な欠損は、ヴァイキングの世界ではことさら珍しいものではない。ヒックの指導役であるゲップもまた、片腕と片脚をドラゴンとの戦闘で失い、欠損部に武具や義足といった補綴を装着している。ただしこうした種類の障害は、ヴァイキングの共同体では名誉の負傷であるとか、職業に伴う困難のごとくみなされていて、手足を欠いていることでゲップが社会の一員としての適性を失うわけではない。この意味でゲップのような登場人物は、ヒックのような「ミスフィット」ではなく、障害をものともしないどころか健常者をはるかに凌ぐ能力を発揮する「スーパークリップ」的な人物として共同体内で機能しており、そこでは障害は、個人的な困難や乗り越えるべき（そして乗り越えることが十分に可能な）障壁のようなものだと考えられている。ゆえにそれは、ヒックが抱えている欠如や「ミスフィット」的な環境への不適合性（それは彼がのちに障害を得ることで一層可視的になるともいえる）とは異なるものだということには、注意すべきだろう(ただしゲップは父ストイックにくらべると最初からヒックに対して同情的であり、その態度は何らかのかたちで彼の障害とかかわっている、と見ることは可能ではある)。

語りの補綴

『ヒックとドラゴン』における障害を論じる上で参照したいのは、障害学研究者デイヴィッド・ミッチェルとシャロン・スナイダーが、文学作品における障害の主題の頻出について論じる際に用いている「語りの補綴(narrative prosthesis)」という概念だ。たとえば身体の欠損によって損なわれた機能を補助的に回復する補綴具は、使われたからといって障害そのものを消し去ったり取り除いたりするわけではなく、むしろ装具が補填している欠如や障害そのものを際立たせるような効果を持つことがある。それと同様に、文学作品やほかの文化的な物語において描き出される障害は、しばしば障害を前景化し、その描写そのものの人為性を露呈させるのだと、ミッチェルとスナイダーは主張する。「障害を持つ身体は芸術的な人物造型のための重要な手段だ。というのも、それによって作者は、具現化された登場人物の生態そのものを通して、そこに不足しているものや「悲劇的な欠陥」を視覚的に際立たせることができるからだ」(Mitchell and Snyder 一三五)。つまり、障害をめぐる語りとは、そこにないものを描き出すための語りの補綴なのだ。補綴——欠如につけ加えられる装い、比喩といった文学的装置――は、身体的な喪失や不在を消し去るのではなくむしろ強調する。そうした語りは健常者中心主義的な規範をそのままなぞる場合もあるが、逆に規範が不可視にしているものに挑戦し、非定型的な身体を持つとはどのようなことなのかをめぐるわたしたちの概念を押し拡げようとすることもある。

原作にはなかった障害のプロットを採り入れたことでまったく新しい物語として生まれ変わった映画版『ヒックとドラゴン』もまた、ミッチェルとスナイダーのいう語りの補綴を用いた物語として考えることができるだろう。とりわけ注目に値するのは、そこに登場する物理的な補綴が、物語の展開上重要な役割を持っていることだ。[1] すでに述べたように、尾翼の欠損という障害を負って飛ぶことができなくなったトゥースレスに、ヒックは鍛冶の経験を活かして尾翼を模した装具をつくり与えるのだが、この補綴をいわば鎹(かすがい)にして、ヒックとドラゴンは親密な関係を育んでいく。補綴はこの関係性の深まりを、身体的な経験として提示するための装置だ。この作品の原題は『ドラゴンを訓練すること(*How to Train Your Dragon*)』であり、これは原作シリーズにおいてドラゴンを手なずける能力が最強のヴァイキングたる条件だとする設定に由来するものだが、映画版においてはヒックとドラゴンの関係は、単純な人間による動物の使役からは遠ざかり、むしろ「訓練」概念そのものを再定義しているようなところがある。彼らの関係の根本にあるのは、身体的な痛手や感情面での負荷によって環境に適応することがままならない「ミスフィット」としての共通体験であり、相互性だ。打ち落としたドラゴンにとどめを刺しにきたはずのヒックは、トゥースレスのなかに鏡のように自分自身の弱さを見出し、殺すのではなくケアすることを選ぶ。狩りができないトゥースレスに魚を与えたり、地面に絵を書いてコミュニケーションを取ろうとしたりという儀式的なプロセスを経て、ヒックはついにトゥースレスに触れることができるようになる。噛まれるのではないかとおびえて顔を背けながらも手を伸ばしてドラゴンに触れるヒックの動作は、人間がドラゴンの信頼を得るための象徴的な身ぶりとなる。

加えて重要なのがこの補綴が機能する有機的なプロセスである。少なくとも映画版第一作においては、トゥースレスは尾翼装具を自力で動かして飛ぶことはできないという設定になっている(続編やTVシリーズになるとこの辺りはうやむやになってきて、ドラゴンがほぼ独力で飛び回っている場面も散見される)。つまり、補綴そのものは機械的なものだが、それが機能するためには誰かの有機的な補助が必要なのだ。トゥースレスは自分では翼をコントロールできないので、ヒックがその背に乗り、補綴と接続された鐙(あぶみ)を足で操って、いわば一体化した状態で空を飛ぶことができるようになるのだ。レア・マクレイノルズが指摘するように、この作品では「動物[中略]の身体との補綴的な関係が、(機械化・武器化された未来的な身体というありふれたSF的なヴィジョンとは正反対に)身体を拡張するためのポジティヴな手段として描かれている」(McReynolds 一一八)。飛行の場面で強調されているのは拡張された身体の強靭さというよりは、ふたつの身体の有機的なつながりや一体感であり、相互依存性だ。ドラゴンに乗るのは、たとえば飛行機を操縦するのとはまったく別種の経験として描かれる。ドラゴンには彼自身の意思や志向があり、人間は飛行の動きがどのようになされるのかを直観的に理解しつつ、コンパニオンとしての動物と身体的に一体化する。そうしてはじめて、彼らは飛行という身体経験を真に共有することができる。こうした補綴の表象は、自立した身体を至上のものとする健常者中心主義とは別の物語のかたちを生み出すことに成功している。それは相互依存を基盤に、他者（この作品の文脈においては動物としてのドラゴン）とともに飛翔できるような非規範的身体をめぐる物語であり、それは少年の成長物語という作品の基本的な枠組みをも、補綴の存在を通して拡張するような性質を持っているのだ。

男性性を「クリップ」すること

河野真太郎は、『ヒックとドラゴン』における補綴の表象が、男性性を考察する上で重要だと論じている。「男性性の補綴は、いっぽうでは欠損を抱えた男性性を想像的に完全なものへと反転させる方法」だが、「もういっぽうでそれが物語るのは、男性性の根本的な依存性でもあ」る（河野四〇）。ヒックとトゥースレスの補綴を通じた相互依存関係は、自立した男性性を背景にドラゴンを打ち倒すことで成立していたヴァイキングの共同体に対し、依存や相互的なケア関係からなるオルタナティヴな男性性の可能性を提示し、変化をもたらしていく。そうした新しい男性性を考える上で鍵になるのは、ヒックがいわば世界を「クリップ」化して見せることだ。[2]トゥースレスに障害を与えてしまったことから、ヒックは自然環境を喪失や不在、障害の観点から再度とらえ直すようになる。それにより彼は人間と自然の関係を、ハイパーマスキュリンな攻撃性や敵対性から解放し、ケアや依存を基底に持つものとして想像し直すのだ。ドラゴンに対してはとにかく闘争あるのみと考えてきたヴァイキングたちに、ヒックはドラゴンが「訓練」可能であることを教える。訓練といっても単純にドラゴンを人間の使役動物化するのではなく、相手をケアし、意思疎通をはかり、その助力を借りることは可能なのだと、ヒックは教えるのだ。攻撃性を放棄するかのように片手を差し出すヒックの身ぶりを模倣して、ほかの登場人物たちもドラゴンに触れ、天敵であるはずの生物と人間が心を通わせることもできるのだと気づいていく。物語の結末で、片脚を失って目覚めたヒックが外に出て最初に目にするのは、ヴァイキングとドラゴンが助け合って生きている新しいバークの光景だった。「ヴァイキングに必要なのは、こういうもの全部（"this"）だったんだな」とついに認める父ストイックに対し、ヒックは半信半疑ながらもこう答える――「僕の全部（"all of me"）を指して言ったたね」。それはヴァイキング的な全体性の意味が、ヒックの障害の獲得によって反転する瞬間だ。欠損を抱えた身体、「クリップ」化した自己が、ここでは逆説的に新しい全体性を表現し得ているのだ。男の子の成長物語が喪失や欠如に向かって突き進んでいるというのは一見意外なようでもあるが、ヒックの台詞が示すように、最終的に獲得されるのは、そこに存在しないものも含み込んだ「僕の全部（"all of me"）」なのであり、欠如を抱えた自己を認識する過程にこそ成熟があるのだと考えれば、ヒックが障害を得ることが物語上の到達地点となっていることもそれほど荒唐無稽ではなく、新しい男性性のモデルを示すために障害という欠如が語りの補綴として機能するような成長物語のかたちが、ここでは成立しているということなのだろう。

この結末に先立って、ヒックはドラゴンたちが、ヴァイキングが考えるような邪悪な生き物ではなく、一体の巨大なドラゴンに操られて人間の食べ物を奪っていることを発見する。ヒックはトゥースレスの力を借りて、英雄的に巨大なドラゴンを倒すが、戦いの渦中で片脚を失ってしまう。この結果として、トゥースレスだけでなく、ヒックもまた補綴を身に着けることになる。ヒックは脚の欠損部に取りつけたフックをトゥースレスの鐙につないで一緒に飛ぶのだ。補綴同士のつながりは、拡張された身体が可能にする異種間の相互依存関係の完璧な表現となっている。それにしても、ヒック自身の身体的な障害の獲得が物語の本筋には含まれておらず、トゥースレスの負傷と補綴の獲得からずっとあとの、物語の結末部分まで起こらないのはなぜなのだろうか。ひとつにはそれは、この作品における障害が生得的で変化不可能な、固定的な状態としてではなく、身体や精神をめぐる流動的な概念として表されているからなのかもしれない。フェミニスト哲学者で障害倫理学者のエヴァ・フェダー・キテイは、ケアと依存、障害について次のように述べている。

人間には生来的に依存的な諸期間があり、障害を持たない人びとも、単に「一時的に健常」であるにすぎない。援助を得ることを限界とみなすのではなく、社会のヴィジョンの基底に存在する資源だと考えるべきだ。それにより「平等ではない者たち」の間にある避けがたい依存関係が、ケアラーとケアされる存在の双方にとって充実した生を保証するさまを説明することができるようになる。(Kittay 四九)

誰しも人生のどこかの時点で、たとえば赤ん坊のころや老齢に至って、完全に他者によるケアに依存した状態で生きることがあるとわたしたちは知っている。だとすれば障害もまた、静的なものでもなければ、あらかじめ決定された状態でもない。それはむしろひとつのプロセスであり、誰であれケアしケアされることがもつれ合った複雑なネットワークの一部である者にとって、いずれ訪れる未来なのだ。キテイが理論化したこの人間同士のケアと相互依存の概念を異種間に拡大すれば、人間と非人間＝動物の双方を、障害を得る未来の共有に根ざした、より広範な相互依存のネットワークのうちに位置づけることが可能になる。ヒックが一定の時間の経過ののちに障害を得ることは、まさにこのような、共通の未来に向けて人と動物の双方が身体を変え、補綴によりつながっていく生成変化のプロセスを、独特の「クリップ・タイム」、つまりは障害がもたらす変則的な時間性において示しているのかもしれない。[3]『ヒックとドラゴン』は、主人公がケアの行為を通じて障害と相互依存からなる未来へと参入し、障害を持つ他の主体との関係性において、自分自身の障害を肯定的な経験として受け入れる準備をするさまを描いているのだ。

このように障害のテンポラリティを表象することにおいて、この作品はクリップ・セオリーの理論家ロバート・マクルーアが提出した次のような問いに応答しているのかもしれない――「障害を、来たるべきものとして歓待し、欲望することには、どんな意味があるのだろうか？ 障害を来たるべきものとして歓待することが可能な世界をかたちづくることには、どんな意味があるのだろうか？」（McRuer 二〇七）。『ヒックとドラゴン』の結末におけるヒックの障害の獲得、そして二〇一一年のスピンオフ作品「ドラゴンの贈り物」における語りの補綴の新展開は、まさに障害の歓待をめぐるものだ。[4]「ドラゴンの贈り物」では、トゥースレスが自力で飛べるようになるようヒックが改良型人工尾翼をつくり、ドラゴンは（実はヒックが失くした母の形見のヘルメットを探すために）飛び去ってしまう。トゥースレスが帰ってこないかもしれないという不安が現実のものとなってヒックは落胆するが、トゥースレスはヘルメットを携えて戻ってくると、自立を可能にする新しい装具を叩き壊して、元の相互依存型補綴をつけて一緒に飛ぶようヒックに求めるのだ。つまりここでトゥースレスは、自立よりもヒックなしでは飛べない相互依存関係を選び取っている。動物と人間が補綴による相互依存のもとに障害を、ともに生きるための条件として欲望する、そんなことが一体可能なのだろうか。少なくとも「ドラゴンの贈り物」は、人間中心のご都合主義に陥ることなく障害の歓待を描き出すことが物語では可能であると思わせてくれる。

ただし映画、TVシリーズ全体を見渡すと、こうした障害を前景化した成長物語や、人間とドラゴンの依存関係は次第に解消に向かっていく。映画版第一作から未解決の問題として残されていたのは、「訓練」の限界、つまりはヴァイキングたちが野生動物であるドラゴンを半分は使役に、半分はペットのような存在としてとどめ置くことの究極的な倫理性だった。映画版第三作にしてシリーズ最終作の『聖地への冒険』(二〇一九)では、ついにヒックは雌の白いドラゴン、ライト・フューリーに出会ったトゥースレスを手放す決心をし、ドラゴンたちはバークを離れてみずからの家族をつくっていく。カリフォルニア育ちの飼い犬がさらわれてアラスカでそり犬として働くうちに次第に野生化し、自然に帰っていく、ジャック・ロンドンの『野生の呼び声』(一九〇三)の影響が色濃く見られるこの作品で、人間は最終的にドラゴンを解放しなくてはならないという結論が提示されるが、この決断と表裏一体にあるのは人間世界の異性愛中心主義でもある点には注意が必要だ。トゥースレスとライト・フューリーがカップルになるのに並行して、ヒックも成人男性となり、以前からのガールフレンド、アスティと結婚し、子どもを設けている。河野の言葉を借りれば、「人間とドラゴンの相互依存関係が、異性愛的な主体の完成とともに解除されて」いるのだ(三九)。異種間の相互依存関係を印象的に描くことではじまったこの映画三部作は、最終的にはごく規範的な異性愛ベースの成長物語として完結を迎える。映画版とは別の並行世界で成立しているTVシリーズにしても、ヒックとドラゴンの障害や補綴は次第に物語のなかで重要性を失って透明化されていき、それに伴ってヒックは、力強くリーダーシップを発揮するごく標準的な男性ヒーローになっていく。

動物と人間をつなぐラディカルな補綴の物語としてはじまった映画版『ヒックとドラゴン』が規範的な成長物語の型に回収されていく過程にはある種の落胆を禁じ得ないが、障害と動物、異種間の倫理、ケアの依存関係といった複合的な主題系が若年層向けアニメーション作品において探求されたことのインパクトは、再度強調されるべきだろう。ヒックとトゥースレスの補綴を通じた相互依存関係は永遠につづくものではなかったかもしれないが、映画のなかで描かれた彼らの友情が、若いオーディエンスに人間と動物の関係が持つポテンシャルを垣間見せたことは疑いない。ケアと相互依存のネットワークのなかで、障害を持つ人間が自然や動物とどのように関係をとり結ぶのかについて、『ヒックとドラゴン』が投げかけた問いはいまだ意義深いものでありつづけている。

第4章

「エコロジーをダーティにせよ」

ジェスミン・ウォードと新時代の南部環境文学

わたしはあなたを忘れない。あなたがわたしを抱き寄せていたときのことを。あなたの身体がわたしに向けられ、あなたの視線がわたしに注がれ、あなたの手がわたしの命の熱さに触れていたときのことを。わたしを抱くあなたのこころのなかにどんな思いがめぐっていたのか、わたしは知らない。わたしはたぶん温かい塊、命であると同時に、命を吸い取るもの。あなたのなかの忘れてしまった遠い日々を、もどかしく思い出させる／思い出させないもの。あなたはそのとき、わたしであったのかもしれない

竹村和子『愛について——アイデンティティと欲望の政治学』二一九頁

アメリカ南部の文化的特徴を示す語としてしばしば用いられてきたフレーズに、「センス・オブ・プレイス（sense of place）」というものがある。南部には、ほかのアメリカ諸地域にはない（あるいは他地域とは本質的に異なる）「場所の感覚」がある、という意味の言葉だ。このフレーズはしばしば南部、およびその空間の例外性を誇示するために用いられ、かつて二〇世紀前半の農本主義知識人らが主張したような、南北戦争以前の南部には自然と人間が調和した有機的共同体があったとする考えとも相まって、この地域の保守主義的リージョナリズムと強い親和性を示してきた。しかし二〇〇〇年代以降に発展を見せた新しい南部研究、とりわけエコクリティシズムや環境人文学の知見を採り入れた領域では、こうした空間把握における例外性それ自体を批判的に再検討する試みがなされ、そこには南部の自然環境と人種、階級をめぐる社会関係、貧困等のアクチュアルな問題を接続しようとする社会環境学的な視点も含まれていた。[1] 近年の南部社会そのものの多様化もあり、誰もが共有できるような「センス・オブ・プレイス」などというものはないというのが、現在の南部研究における場所の感覚の共通理解になってきていると、ひとまずはいえるだろう。

「センス・オブ・プレイス」に代わる、南部空間のある特徴を名指す語として本章が注目するのは、「ダーティ」である。洪水に襲われた南部の島を舞台にした映画『ハッシュパピー――バスタブ島の少女』（二〇一二）のレビューにおいて、南部研究者パトリシア・イェーガーは「ダーティ・エコロジー（dirty ecology）」という概念を提示した。イェーガーはこう書いている。「わたしたちはエコロジーを、あらゆる環境を対象とする科学を、神話やフィクションや生半可な真実や汚れたイメジャリーによって、ダーティにしなければならない。神話とはわたしたちが意図せずして生み出したあらゆる結果を結びつけ、みずからの関与を認めるうえで、必要不可欠な手段なのだ。宇宙規模の袋小路のなかから食べ放題や移動祝祭や何らかの教育的効果を生み出そうとするならば、わたしたちはこの結果を受け入れて生きていくしかない」（Yaeger, "*Beasts of the Southern Wild* and Dirty Ecology"）。ここでイェーガーが用いている「ダーティにする」という語は、アメリカ南部をも含む地球規模の環境危機に人文知がどのように応答しうるのかについて、多くを語っている。ＳＧＤｓのような標語でもなく、あるいは危機的状況を示す暗澹たる計量分析的データでもなく、神話やフィクションをつくる、つまり物語ることを通して、ローカルな生とその危機がどのようにより大きな世界的危機の状況に通じうるのか、そのなかでローカルな主体がどんな役割を演じうるのかを問うことを、イェーガーは強く促している。[2]

ここでの「ダーティ」という語は、ダーティ・サウスと呼ばれる南部現代文化を想起させるものでもある。「ダーティ・サウス」とは一九九〇年代半ばから二〇〇〇年代にかけて登場したサザンヒップホップの呼称である。「ダーティ」とはサザンヒップホップにおけるシンプルで「生っぽい、作り込まれていない（raw）」サウンド、西海岸や東海岸のヒップホップに比したときのマーケッタビリティの欠如と非メインストリーム性、貧困やギャング抗争といったダークな主題などのあらゆるニュアンスを含む語であった。ダーティ・サウスのグループとしてもっとも成功したのはアトランタエリア出身のアウトキャストだが、同時代の貧困や暴力に彩られたインナーシティ環境を描く一方で、過去の南部の文化的・音楽的アーカイブから想像力を得つつフューチャリスティックでもある独自のサウンドを練り上げ、厚みのある南部的経験を語る彼らのスタイルは、ダーティ・サウスの定義そのものを押し拡げたといえるかもしれない。

現代のアフリカ系南部作家たちは、ダーティ・サウスのサウンドをリアルタイムで受容しながら育った世代であり、みずからその影響について語ることも多い。たとえばミシシッピ出身のキエセ・レイモンは、二〇一六年に出版された新世代の黒人作家のアンソロジー『ザ・ファイア・ディス・タイム』(本章で扱うジェズミン・ウォードがエディターを務め、タイトルはジェイムズ・ボールドウィンの一九六三年のエッセイ集『次は火だ』のもじりである)に、アウトキャストの曲名「ダ・アート・オブ・ストーリーテリン」からタイトルを取ったエッセイを寄稿している。そのなかでレイモンは、『エイティィリアンズ』(一九九六)と、「ダ・アート・オブ…」が収録された『アクエミナイ』(一九九八)というアウトキャストの二枚のアルバムに代表されるサザンヒップホップの「啓示的次元」(二二〇)について語り、鶏肉処理工場で働いていた祖母の体臭の記憶を手がかりに、ダーティな南部的経験を物語ることをめぐる思索を展開する。「この臭いはただの悪臭じゃない。この臭いは南部黒人の貧困の、価値を切り下げられた南部黒人の労働の、南部黒人の卓越性と想像力の、南部黒人女性の魔法の、根っこであり、残滓なのだ」(Laymon 一一八)。ジェズミン・ウォードもまた、長編第一作『骨を引き上げろ』(二〇一一)のエピグラフで、アウトキャストの「ダ・アート・オブ・ストーリーテリン パートI」の歌詞を引用している。「大きくなったら何になる」と訊かれて、ただ「生きていたい」と答える少女サーシャ・タンパーの物語を語るこの曲の影響は、ウォードの小説の主人公であり、ハリケーン・カトリーナを生きのびる十四歳の少女エシュに色濃く見て取れる。『骨を引き上げろ』の解説で青木耕平が指摘するように、ウォードの特異性は、文学作品に詩的喚起力を持ち込む間テクストとして、聖書や詩といった伝統的なものにヒップホップを並置している点にある(青木 八)。ダーティ・サウスのポップカルチャーも、過去の文学や神話から得られるインスピレーションも、ウォードやレイモンら新世代のアフリカ系南部作家たちにとっては、等しく触発的な「ストーリーテリン」の技法に結びついているのだ。

本章の目的は、このようなダーティ・サウスの文化に触発されたジェズミン・ウォードの文学作品を、イェーガーが提示したような環境人文学的文脈において読み直すこと、つまり、エコロジーをダーティにすることを通してウォードがどのように新しい南部の環境文学を作り出しているのかを、考察することだ。ウォード作品の舞台となる南部は、ダーティ・サウスでもあり、ハリケーン・カトリーナ(二〇〇五)やメキシコ湾石油流出事故(二〇一〇)といった災害や環境危機によって自然環境、社会環境のダーティさに否応なく直面した空間でもある。ふたつの出来事が可視化したのは、カトリーナが直撃したニューオーリンズで不均衡に甚大な被害を被ったのがアフリカ系の貧困地区の住民だったこと、また石油事故の舞台となったブリティッシュ・ペトロリアム（ＢＰ）社の掘削施設で働いていたのが、多くの場合南部の貧困層であり、経済上の必要性からそれらの人々が環境不正義に不可避的に加担させられていく現代南部社会の構造だった。こうした危機の渦中にある貧困層の主体は、南部社会においては歴史的に自然との近さや野蛮さをスティグマ的に付与されてきた存在でもあった。これらの危機をウォード文学にとっての重要な背景ととらえ、自然との関係が壊れてしまった現代南部のダーティな自然・社会環境をこの作家がどのように描いているのかを考えてみたい。ふたつの長編小説『骨を引き上げろ』と『歌え、葬られぬ者たちよ、歌え』（二〇一八）を題材に、多層的なダーティさを持つ南部空間における人間と自然の関係を考察していく。

母の否定性

ミシシッピ州南部、メキシコ湾沿岸部のガルフ・コーストで育ったジェズミン・ウォードは、故郷を彷彿とさせる架空の町ボワ・ソバージュ（ウィリアム・フォークナー作品における架空の土地ヨクナパトーファを彷彿とさせる)を舞台として貧困層の黒人たちを描いた作品群を発表している。ここで取り上げる『骨を引き上げろ』と『歌え、葬られぬ者たちよ、歌え』もその一部で、どちらも全米図書賞を受賞している。『骨を引き上げろ』は、少女エシュの視点を通して、ある黒人一家がカトリーナで被災し生きのびるまでの十二日間を描く。『歌え、葬られぬ者たちよ、歌え』は若い母親リオニーとその息子ジョジョを主な語り手として、破綻しかけた家族関係が描かれ、そこにサイドストーリーとして、リオニーの父リヴァーがかつて監獄で出会った少年リッチーが幽霊化して現れる物語が重ねられている。トニ・モリスンの『ビラヴド』(一九八七)を思わせる過去の亡霊の物語と、壊れてしまった現在の親子関係をめぐる物語が大胆に交差しつつ進んでいく。

ウォードの二作品に共通する主題は、母になること、母であることである。『骨を引き上げろ』の主人公エシュは、予期せずして兄の友人マニーの子を妊娠するが、母を亡くし、女性は自分ひとりという家族環境では相談相手もなく、金銭上中絶の選択肢もなく、どうすることもできぬまま宙吊り状態にある若き母としてその日その日をやり過ごしている。『歌え、葬られぬ者たちよ、歌え』では、主人公リオニーはふたりの子どもを持つ母親だが、家庭生活は破綻寸前であり、母として自分の子どもたちにうまく向き合えない人物として描かれる。いずれの作品でも、母の存在は否定性のうちにとどまっており、母の死や母の不在、母が母としてふるまうことの失敗、もしくは、慈しむのではなく殺し、破壊する母の存在が前景化されている。親からのケアが期待できない状況下で子どもがニグレクトされるさまが共通して描かれ、こうした家族関係におけるケアの欠如がさらに、自然と人間の関係が壊れてしまった環境上の大状況に重ね合わされて、全体として、母なき空間、ケアなき世界における、個人的でも社会的でもある危機が物語化されている。

ウォードよりひと世代前の代表的黒人女性作家のひとりであるアリス・ウォーカーは、黒人女性の歴史的困難とそれを乗り越えるための連帯意識を育む慈しみに満ちた空間を「母たちの庭」と呼んだ。それはとりもなおさず、共同体意識と不可分のものとして発展してきた黒人文学の伝統を、女性作家たち、さらにはウォーカー自身の母がそうであったように、作家ですらない無名の女性たちの系譜において、畑仕事の合間を縫って母が植えた花の咲く庭という空間の重要性において、とらえ直す試みでもあった(二四一)。いっぽう、現代のダーティ・サウスの作家たちにとって、母や母が代表する空間は、ウォーカーの庭が醸し出すような素朴な美や慈しみとはかけ離れているようだ。新田啓子はキエセ・レイモンの自伝『ヘヴィ』の解説において、レイモンが母のうちに美しき連帯ではなく暴力を発見し、ウォーカー的なものとはかけ離れた「これまで等閑視されてきた母の領域を再建」(三三〇)しようとしていることを指摘しているが、こうした母の再建の試みは、ウォードの創作にもそのまま当てはまることだろう。『歌え、葬られぬ者たちよ、歌え』では、リオニーはシングルマザーとしてふたりの子、ジョジョとミケラ(ケイラ)のケアを試みながらも、子どもたちを両親の家に置いたきり帰らなかったり、一緒にいたとしても暴力的にふるまったり、ドラッグに逃げ道を求めたりしてしまう。リオニーのマザーフッドの失敗が作中では繰り返し描かれ、その失敗は作中での中心的な出来事であるパーチマン刑務所(ミシシッピ・デルタに実在する州立刑務所)への旅において極まる。ドラッグ製造の罪での服役を終えて出所したパートナーの白人男性マイケルを迎えに行く旅の途上、リオニーは裕福な白人宅に赴いてドラッグを売り渡す。その間同行の娘ミケラは高熱を出して嘔吐しつづけており、やがてはリオニー自身もドラッグの過剰摂取で危うく死にかける、バッドトリップそのもののような旅だ。さらにリオニーにおけるマザーフッドの失敗は、彼女の母フィロメーヌが癌にかかって死に瀕していることと常に並置されて語られる。後述するようにフィロメーヌは自然との強い接点を持つヴードゥーの使い手だが、自然の力をもってしても病を癒すことができず衰弱していく母の姿は、ある種の環境危機の兆候として読むことができる。癒されえぬ母の病は人間と自然の間の深刻な不和のしるしであり、来るべき母の死や、その娘リオニーがよき親としてふるまうことの不可能性が、より広範な人間の自然からの疎外状況、そして環境をケアすることの困難と結びつけられているのだ。

たとえばリオニーの人生が破綻し、薬漬けの生活へと堕ちていく分岐点のひとつとして、メキシコ湾石油流出事故が挙げられていることは重要だ。リオニーのパートナー、マイケルはBP社の石油掘削施設「ディープウォーター・ホライズン」で働いており、そこで大規模な事故に遭遇し、「退職金と悪夢と一緒に家に帰ってきた」(九二)。マイケルはそのことがきっかけで堅気の仕事に戻れなくなり、ドラッグ製造に手を染めた末に刑務所に収容される。事故によって同僚たちを失い、野生動物たちが油まみれになって死んでいくのを目撃し、それがトラウマ的な経験となったマイケルは、一方である種の暴力性をも帯びていく。彼の存在を内心脅威だと感じているリオニーの息子ジョジョの視点を通した語りにおいて、そのことははっきりと示される。

本当に声を上げて泣いたんだよと、マイケルは海のほうを向いて言った。そんなことを言うのは恥ずかしいと思っていたみたいだけど、それでも話しつづけた。イルカたちがどんなふうに死んでいったか、どんなふうに群れごとフロリダの、ルイジアナの、アラバマの海岸に打ち寄せられたか。石油で焼けただれて、傷だらけになって、体の内側からえぐれてしまって。そして次にマイケルが言ったことを、ぼくは一生忘れないだろう。でもＢＰの雇われ科学者のなかには、これは石油とは関係ない、動物にはときとしてそういう現象が起こるものだ、なんて言う連中もいた。動物というのは思いがけないことが原因で死ぬものだ、ときには大量に、ときにはみんな残らず、と。それからマイケルはぼくのほうに向き直って言ったんだ。それを聞いて、おれは人間のことを考えた。人間だって動物だからな。その晩マイケルがぼくに向けたまなざしを見れば、それが人類全体のことを言っているわけじゃないことはわかった。マイケルはぼくのことを言っていたんだ。（Sing 二二六）

ここでウォードは石油流出事故後の南部空間を、自然と人間の関係が破壊され、暴力への危険に満ちたダーティでケアなき世界として描き出している。ジョジョが想像しているように、そこでは人間も動物も等しく汚れにまみれ、暴力と死の可能性に晒されているのだ。

『骨を引き上げろ』でも、母の不在は主人公たちの生活に深い影を落とす。エシュの母は末っ子ジュニアの出産直後に亡くなっており、妻を失った父は働かなくなり酒浸りの生活に陥っている。エシュと三人の兄弟たちを含むバティスト一家は、父からのケアが期待できない状態で経済的、そして感情的不安定さ(プレカリティ)にさらされ、典型的なヤングケアラーとしてたがいの面倒を見合うほかない状況に落ち込んでいく。このような家庭におけるケアの欠如は、ハリケーン・カトリーナの到来を通じて社会的文脈へと拡大されるが、そこでも母のケアの欠如は、自然の猛威(と、地域や国レベルでの被災者支援の欠如)において前景化される。エシュが語るように、ハリケーンの被災者たちにとって、皮肉にも女性名がつけられたハリケーンは「ガルフに吹き込んで人々を殺した母」だ(*Salvage* 二五五)。近隣の白人住民たちが避難してしまったあとも、ボワ・ソバージュの黒人住民たちは行き場もなく水浸しの町にとどまり、被災後も救助されることもなく、いわば社会的ニグレクト状態のなかで財産も家族も失ってしまう。これはカトリーナが襲ったルイジアナ州ニューオーリンズにおいて頻繁に報告された事例であるが、ボワ・ソバージュのモデルとなったミシシッピ州のガルフ・

コースト地域でも、同様の被害が見られた(ウォード自身被災者のひとりである)ことはあまり知られていない。ウォードの小説は、ニューオーリンズ同様「母」によって蹴散らされ破壊されながら、メディアにはあまり登場しないミシシッピ州の南部空間を、鮮烈に記録している。

母=自然と暴力や死との間の深いつながりは、二作品における動物の描写においてとりわけ強調される。たとえば『歌え、葬られぬ者たちよ、歌え』の冒頭では、リヴァーがヤギを殺して解体する様子が、孫のジョジョの視点から詳細に語られている。モリスンの『ソロモンの歌』(一九七七)におけるボブキャットの狩りと解体の描写からの明らかな影響が見て取れるこの場面では、祖父を尊敬するジョジョのなかでリヴァーの屠殺のスキルは、「一人前の人間らしく死を直視する」(*Sing* 五)成熟性、殺すという行為のなかに逆説的に存在するある種の倫理や愛と結びついている。[3] パーチマン刑務所での服役時代に「動物の扱いを心得ている」(*Sing* 一三八)リヴァーは、黒人としてはないはずの黒人が、武器にもなりえる番犬たちの「主人」となることを好まない者たちもいたが、例外的に番犬の世話を任されていた。白人のなかには、「奴隷」として生きることにしか向いていないリヴァーは、刑務所が被収容者に対してそうであったように暴力的な形で犬のコントロールを試みるのではなく、犬との間に例外的な友好関係を築いていた。物語のクライマックスで明らかになるように、リヴァーはそのように愛と倫理観をもって他者の生に接するふるまいを、極限的なかたちで少年リッチーに対して行なうことになる。

『骨を引き上げろ』でも、亡くなった母がかつて特別な日には鶏を巧みに捌いて食卓に出したことを、長兄ランドールが回顧する。「鶏があんまり暴れるから羽がかすんで見えるくらいなんだけど、声はたてない。そのとき母さんが、目隠しでもするみたいに片手を鶏の顔に当てて、つかんでひねる。首を折る。そして切り株のうえで頭を切り落とす。［中略］近ごろの鶏は、もうあのころみたいな味はしなくなったな」（*Salvage* 五一―五二）。それを聞いていた二番目の兄スキータは、おもむろに立ち上がって病気で助かる見込みのない子犬を物陰に連れて行き、「ママみたいに確かな手つきで」その首をひねる（*Salvage* 五二）。どちらの小説世界でも動物の存在は、殺しという究極のきびしさとともにあるような愛のかたちを証言する。

こうした暴力や死を最も明確に体現するのは、『骨を引き上げろ』のスキータが闘犬として育てるピットブルの雌犬、チャイナだろう。母なき世界で生きるエシュたちにとって、身近にいる唯一の母親はチャイナなのだが、この犬は生命力に満ちていると同時に、殺す母でもある。そのことをわかりやすく示す例として、虫下しを飲んで体調を崩したチャイナが、母乳を求めてすり寄ってきた子犬を反射的にかみ殺してしまう場面がある。「血まみれの口をして目をらんらんと輝かせるチャイナはまるでメディアだ。もしもチャイナに口がきけるなら、あたしはこう尋ねるだろう。母性って、こういうものなの？」（*Salvage* 一三〇）。たしかに死をもたらす暴力は、闘犬であるチャイナの生の一部となっている。おそらく理論上は闘うには適していない産後の授乳中の身であっても、ひとたび闘犬の現場に立てば、チャイナは死闘を繰り広げる。相手がみずからの子犬たちの父親である雄犬キロであってもだ。「彼女は炎だ。酸素を貪るようにすばやく首を反らして力を得ると、激しく燃えながらキロの首にかぶりつく。そのまま押さえこんで体に巻きつき、愛の炎で焼きつくす。肩口に嚙みつかれたまま、チャイナは身を翻してキロの上になる。その下でキロは暴れ狂う。彼女は嚙みしだく。炎が水を蒸発させる」(*Salvage* 一七五)。夫婦同士のこの死闘が、母と子の授乳の暴力的変奏であることは明らかだ。白い胸を血に染めながら、チャイナはキロの喉首をとらえて勝利を収める。ちょうどカトリーナがそうであるように、チャイナは生のきびしさと、死へも通じる暴力性を一身に背負った母として物語のなかに立ち現われる。

ヴードゥーとエンパワメント

ウォードの二作品において動物描写が主題上の重要性を持っていることは偶然ではない。とりわけ『歌え、葬られぬ者たちよ、歌え』では、人種上のスティグマとなる人間の動物化は、奴隷制の歴史と明確な関連性がある。たとえばそれは、リヴァーがジョジョに語って聞かせる、奴隷として新大陸に連れてこられた祖母の曾祖母の物語において明確に示されている。

船が港に着くまでずっと、いろんな恐ろしいことが起きていたのがひいばあさんにはわかった。自分の皮膚が成長しながら鎖を覆っていくこと。口輪に合わせて口が変形すること。まばゆい灼熱の空の下で。自分が動物にされてしまったこと。家族は同じ空の下の遠いどこか、別の世界にいること。それがどういうことだか、動物にされるのがどういうことだか、おれにもわかった。(*Sing* 六九)

ここでは奴隷船に載せられ、鎖でつながれ口輪をつけられて新大陸に連れてこられたというリヴァーたちの先祖の女性の過酷な経験が「動物化」の過程として語られているが、注目すべきは奴隷化＝動物化が身体変容の過程として描かれていることだ。拘束された皮膚が鎖の金属と一体化し、鋭利な歯を持つ動物のそれのように口が変形するうちに、人間は動物の身体を獲得していく。リヴァーが「おれにもわかった」と述べているように、このような支配の形態は、奴隷解放を経た二〇世紀の南部にも引き継がれる。リヴァーが服役していたパーチマン刑務所は、奴隷制時代から連なるプランテーション農業労働を囚人に課す、生政治的身体管理の場であった。[4] 被収容者たちは奴隷制時代と変わらず労働資源であり、いわば動物のように働かされ、逃げようとすれば犬に追われる。[5] こうした動物化の歴史を背景に、スティグマ化された自然との同一化をいわば逆手に取るように、奴隷たちとその子孫に力を与える宗教としてカリブ諸国とアメリカ南部で発展してきたのが、アフリカの信仰とカトリシズムのハイブリッドであるヴードゥーだ。その思想は『歌え、葬られぬ者たちよ、歌え』の作中でもリオニーの母フィロメーヌを中心に、重要な役割を担っている。南部において、動物化を通じた黒人女性の歴史的な抑圧を物語る言葉として最も有名なのは、ゾラ・ニール・ハーストンの『彼らの目は神を見ていた』の主人公ジェイニーの祖母が語る「黒人女はこの世の騾馬だ」（*Their Eyes* 一四）という台詞だ（この台詞については第一章、二四―二五頁も参照されたい）。祖母がここで説明しているのは、白人男性が権力を持つ世界において、使役される黒人男性が同じ種類の支配を黒人女性に対して行使するというヒエラルキーだ。この権力構造のなかで、黒人女性は複合的な被抑圧者としての騾馬＝使役動物となる。この小説のみならず、多くのハーストンの著作が明らかにしてきたのは、南部のヴードゥーは、今ならばインターセクショナリティと呼ばれるような、人種とジェンダーにおいて複層的な被抑圧者の位置を占める黒人女性たちに対するエンパワメントとしての側面を持っていたことだ。女性たちが試みたのは抑圧的な社会構造そのものの変革ではなかったかもしれないが、白人男性を頂点とする家父長主義的な社会での日々の暮らしのなかで、少なくとも個人の欲望を尊重すること、恋愛から金銭問題、近所づきあいまでさまざまなトラブルの解決を、まじないや呪い、薬草の使用を通じて試みることによって、騾馬である彼女たちは抑圧的な環境で生きる活力を得、みずからの動物化に対するひそかな復讐を果たしてきたのだった。

ハーストンが文化人類学の著作『ヴードゥーの神々』（一九三八）でのハイチのヴードゥーの考察において明らかにした「憑依（possession）」の現象にも、動物化をめぐるエンパワメントが見て取れる。「憑依」において重要なのは、人間と動物の一体化が、奴隷化とは反対の、神聖な力の助けを得て権力構造を転覆するための行為として説明されていることだ。たとえば、人が馬に乗るようにしてゲデという名の神によってマウントされた（「乗り移られた」）人物が、自分の意思とは関係なく、神の馬として語りはじめる様子を、ハーストンは次のように説明する。

ゲデは決して目に見えない。人が馬に乗るように、誰かに「乗り移り」、その人間を通じて喋ったり行動したりする。乗り移られた人は、自分の意思では何もしない。その人は神が去るまで、神の馬なのだ。乗っている神の鞭や指図に従って、「馬」は、普段なら絶対にいわないことをいろいろ言ったり、したりする。

「パルレー・シュヴァル・ウ（わが馬よ、語れ）」と、神は彼の「馬」の口を借りて語りはじめ、どんどん話しつづける。ときには、ゲデが目の前にいる横柄な人物について、ひどく辛辣にけなすこともある。偉い役人が、農夫たちの前で馬鹿にされる。ゲデにいい返そうとしても無駄だ。そんなことをしたら神が怒って、その偉い人物を非難し、粗野な言葉でその人物の名誉にかかわる過去の出来事について語ったり、近々起こるそうした出来事を予言したりするかもしれないからだ。農夫たちはおおいに興味を持って耳をそばだて、ゲデの馬の口から出る言葉のひとつひとつを絶対的な真実と信じる。（*Tell My Horse* 二二〇─二一）

この引用から明らかなように、憑依とは、社会的な力を持たない人物が、普段は決して口にできないことを神ゲデの力を借りて語る行為なのだが、それは単なる神との合一とは異なる。憑依には、人が動物になり変わる過程が介在しているからだ。つまり憑依は、動物を、ここでは馬を、いわば隠れ蓑にして神聖な真実を語ることを可能にする装置なのだ。語られる内容はときにただの悪口でもありえるだろうし、ときに辛辣な政治批判であったりもするだろうが、いずれにしても動物との同一化を通して、話者は本来なら持ちえない語りの力を獲得するのだ。

ウォードの『歌え、葬られぬ者たちよ、歌え』でもヴードゥーは重要な背景をなしているが、その霊的な力は単に賞賛されているわけではなく、むしろかつては機能していた「母」の力がうまく働くなっていることのあらわれとして用いられていることには注意すべきだろう。死につつある母フィロメーヌが南部のアフリカ系住民の伝統であるヴードゥーの申し子である一方、娘のリオニーはその力をうまく使えない。この世代間の葛藤が、背後にある現代南部におけるより深刻な自然と人間の不和を暗示しているのだ。フィロメーヌはヴードゥーの信仰に篤く、種々の薬草の使い手であり、リオニーも子どものころからその教えを受けてきた。しかし母とは違い、リオニーには薬草を使いこなして人を癒すことができない。唯一超現実的な力といえるものとして、彼女は兄ギヴンの幽霊を見ることができる（幽霊を見る力は実は彼女の子どもたちにも受け継がれている）が、皮肉なことにリオニーにそれが起こるのは、薬は薬でもコカインや合成麻薬でハイになっているときである（もちろんヴードゥーの伝統における霊的なものの幻視に麻薬が介在していたこともあったはずだが、この小説ではハイになっているリオニーの姿はむしろ伝統からの疎外の例として描かれている）。ギヴンはまだ高校生だったころ、フットボール部の狩りに参加し、彼の能力を妬んだ白人男子に銃殺されている。リオニーと腐れ縁状態にあるマイケルは、その白人のいとこに当たる。リオニーがギヴンの幽霊を見つづけるのは、複雑な罪の意識に駆られているためだという説明も可能だろう。

母の人生が破綻するなかでニグレクトされてきた息子のジョジョは、多大な不信感を持ってリオニーに接する。彼は普段から一緒に過ごしている祖父母を「父さん」「母さん」と呼び、リオニーのことは名前でしか呼ばない。母を母と呼ぶことすらやめてしまった彼にとって、リオニーはマザーフッドを欠いた、癒すことも育てることもできない状態にある人物だ。ジョジョは自分が小さかったころにリオニーが熱帯魚を買ってきたものの、何度頼んでも餌を買い足してくれずに死なせてしまったこと（*Sing* 一〇九）、自分が体調を崩したときにリオニーが作った薬草茶を飲むと、さらに具合が悪くなり、彼女が裏口に棄てた茶を飲んだ猫が死んでいるのを見つけたこと（*Sing* 一一五―一六）について語り、リオニーは「生き物を殺してしまう」（*Sing* 一〇九）と結論づける。それゆえ旅の途中で病気になったケイラ（彼と祖父母は妹をこう呼ぶ）にリオニーが薬草茶を飲ませたあと、心配のあまりジョジョはケイラの口に指を突っ込んで、飲んだものをすべて吐かせるのだ（*Sing* 一一八）。

息子が見抜いているように、リオニーはヴードゥーから、ひいては自然そのものから疎外された「殺す母」なのだが、その背景にはやはり母フィロメーヌが病に倒れたことがある。

母さんは、薬草療法についてできるだけのことをあたしに伝えたら、神の摂理によって秩序立てられた世界、すべてに霊魂の宿る世界について、自分が知っている地図さえ与えたら、あたしがうまく歩んでいけると思っていた。だけど若いころのあたしは母さんに腹を立てていた。薬草の手ほどきも見当違いな希望も気に食わなかったからだ。もっと後になると、母さんに癌の呪いをかけた世界、使い古されたぼろきれのように彼女の身体を捩(よ)じらせて、ばらばらになるに任せたこの世界を、それでも善きものだと信じつづけていることに腹が立った。（*Sing* 一〇五）

信仰に篤い母から可能な限りの教えを受けながらも、自然と調和したまっとうな人生を歩めていないこと、母が癌になり、あらゆる神に祈りあらゆる薬草を試して、それでも助からず死んでいく、そのことに対する根源的な怒りが、リオニーの疎外の根底には存在している。ただし小説の終盤で、一度だけリオニーがヴードゥーの秘儀を正しく執り行なう瞬間が訪れる。死の床にある母が、娘に死の儀式の介添えを要求するのだ。具体的にはそれは、死を司る精霊ママン・ブリジッドに母の「体に入ってもら」い、「憑依してもらう」(*Sing* 二二五)という儀式だ。精霊を召喚した経験のないリオニーは半信半疑で母にいわれた通り儀式の材料になる墓場の石をかき集めるうちに、兄ギヴンの姿を見る。

この場面に並行して語られるのが、リヴァーによるリッチー殺害の顛末である。リッチーは白人の娘をレイプしようとした別の収監者とともに脱獄し、レイプ未遂犯の方は地域の白人のモブに捕えられリンチされる。レイプ未遂にはかかわっておらず、年端のいかない子どもにすぎないリッチーも、捕まればむごたらしく殺されることは目に見えている。そう悟ったリヴァーは隠し持っていたナイフでリッチーの首を一突きして絶命させたのち、連れていた犬たちに遺体を襲わせる。そうすることによって、奴隷制以来黒人に与えられてきた懲罰的な死を偽装するのだ。この悲痛な物語をリヴァーがジョジョに告白すると、幽霊として上空にとどまっていたリッチーは飛び去って、フィロメーヌの死の床に赴く。フィロメーヌを自分の母代わりに連れ去ろうとするリッチーをギヴンやジョジョが食い止める間、リオニーは母に教えられた通りに祈祷を執り行なう。リッチーを追い払ったギヴンの幽霊が母の枕元に近づいて声をかけ、彼女は亡くなる。死を幇助するという形であれ、リオニーははじめて自然の力を適切なかたちで借りて母の願いを叶える。リヴァーがリッチーに与えた死が、パーチマンの、アメリカ南部の生権力からの唯一の解放であったことを思い出すなら、リオニーによる憑依の儀式もまた、病み衰えた母の身体をそれ自身から解放する試みであったといえるだろう。それは殺す母にして娘なりの、自然の力を借りたターミナルケアの一種だったのかもしれない。

祖母の死を目撃したジョジョは、その意図が理解できずリオニーをなじり倒し、リオニーも激しい怒りに駆られて息子を殴りつける。つまり死は、かならずしも残された者を暴力から解き放ちはしない。奴隷船からパーチマン、ギヴンの死へと至る歴史がそれを証明しているし、フィロメーヌの死の床からは追い払われたリッチーも、消えることはない。小説の結末で、幽霊を見、動物の声を聴くことのできるジョジョのもとにリッチーは姿を現し、ほかの死者たちとともに、鳥のように、しかし人間のかたちのままで、高い木にとまり、歌を歌う。その歌にみずからのメロディを被せ、亡霊の声を聴きつつ生きているケイラを見るうち、突然に幼いころリオニーが背中をさすってくれた身体的なケアの記憶がジョジョに戻ってくる。それは人を生かし、死なせもし、木に吊るしもすれば、木の上で歌わせもする「母」についての、原初的な記憶だ。さまざまな生者と死者、人間と鳥の歌が、幼女が歌にして繰り出す「イエス」の一語のもとでひとつになったところで、物語は幕を閉じる（*Sing* 二八四）。

犬とひとが出会うとき

『歌え、葬られぬ者たちよ、歌え』ほど明確なかたちではないものの、『骨を引き上げろ』でも、ヴードゥー的に動物と人間が重なり合う自然観を見ることができる。ウォードは執筆に当たり、プア・ホワイトの一家が死んだ母親を埋葬するための旅に出る、ウィリアム・フォークナーの『死の床に横たわりて』(一九三〇)に触発されたことを公言している。『骨を引き上げろ』は確かにフォークナー的な「母の死」をめぐる物語でもあり、またエシュのキャラクターは同じく妊娠しているデューイ・デルの姿を彷彿とさせる。しかし本章の文脈においてより重要なのは、ウォード作品が、フォークナー作品の語り手のひとり、少年ヴァーダマンが口にする「母さんは魚だ(my mother is a fish)」という台詞をめぐる物語であるように思えることだ。エシュは英語の授業で『死の床に横たわりて』を読み、「なぜ少年は母親が魚だと思ったのか」という問題に正しく答えてAを取ったという(*Salvage* 七)。エシュの解答の内容は作中では明かされないが、『骨を引き上げろ』はまさしく、「母が魚」であるような、人間の動物化、あるいは人間と動物の新しい関係の可能性についての物語でもある。

そうした可能性は、具体的にはスキータと闘犬チャイナの関係に凝縮されている。自分とチャイナの関係は「平等」だと、スキータはいう(*Salvage* 二九)。現に彼とチャイナは、常にふれあい、ほぼ寝食を共にし、ほとんど恋愛関係を思わせるような親密さでたがいに接している。闘犬とそのトレーナーについて想像されるのはよりきびしく訓育的な関係だろうが、スキータとチャイナにはそれがない。南部における闘犬、特に黒人男性と闘犬の関係には、さまざまな文化的意味が付着しているが、二〇〇七年に、当時NFLのスター選手だったマイケル・ヴィックが闘犬賭博への関与をめぐり逮捕・起訴された事件においてその意味の過剰さは頂点に達したといえるだろう。エリン・C・ターヴァーは、南部黒人男性のハイパーマスキュリニティや犯罪性と、非人道的でいわば「野蛮」な動物の処遇、さらには闘犬で使われるピットブルという犬自体の攻撃性が、この事件の報道では「換喩的フィードバックのもとに」すべて重なり合わされ、三つ巴となってメディアの言説を埋め尽くしたことを論じている(Tarver 二八二)。闘犬はそもそも多くの地域で違法化された賭博行為であり、闘犬におけるブリーダー、トレーナーと犬の関係が健全さを欠いたケースがままあるのも事実だが、その暴力性をアフリカ系男性という特定の人種・ジェンダーにごく単純な形で帰せられることには注意が必要だ。クレア・ジーン・キムが指摘するように、そもそも闘犬が都市部の黒人男性の文化として定着したのは、DMXやジェイ・Zらヒップホップのアーティストたちが相次いでそれをビデオで取り上げたことによるが、伝統的にはむしろ闘犬は白人の文化として認識されていた(Kim 一八四)。さらに犬に対するきびしい生政治的管理は、奴隷制の歴史を紐解けば、黒人を対象として行われてきたものでもある。そして再建期の白人至上主義が、白人女性を凌辱する性的に放埒な黒人男性像のステレオタイプを生み出すなかで、とりわけ黒人男性の身体が訓育や暴力による管理を要する危険な存在として対象化されていった、その連鎖をここでは意識する必要がある。クリストファー・ロイドが指摘するように、ウォードは闘犬のディテールを物語に取り入れることによって、「長らくアメリカ黒人とさまざまな動物を、異なってはいるが重なるところもある仕方で管理してきた生権力の複雑な網の目を明るみに出しているのだ」（Lloyd 二五三）。

スキータとチャイナの関係は、そのただならぬ親密さや憑依的一体感において、伝統的なブリーダーと闘犬の関係を離脱し、複雑に絡み合った人間と動物の管理の歴史のただ中にあって、それを乗り越えていく。たとえばスキータのチャイナへの愛情は亡くなった母への愛情を転移したものだ、というような読み（Marotte 二〇九）も可能だろうが、二者の関係にはそうした人間中心主義的な投影を阻むような、異なる種の間の融合が存在する。たとえば闘犬場でチャイナと並んで立つスキータの身体の描写がある。

スキータは日なたに立っている。黄色っぽい空き地で日差しをものともせずに犬と並んで立っているのは、スキータだけだ。あたしたちにはかまわずに森の奥をじっと見つめ、そばにいるチャイナも同じように、あたしたちを無視して、遠くを見つめて立っている。チャイナは一瞬たりとも座らない。スキータがそういうふうにしつけたんだろうか。つねに並んで立つように、座ってお尻を汚さないように、輝きを失わないように。チャイナはいずれ真珠になる砂みたいに白く、スキータは牡蠣みたいに黒い。だけどふたりはひとつの存在として立っている。スキータのような仕方で犬を愛するのがどういうことか、ほかの男たちにはけっしてわからない。（*Salvage* 一六二）

ここでのスキーターは、ほとんど犬と一体化しているようにすら見える。ヴードゥーのゲデのように犬が人間に乗っかっているようにも見えるし、マンガ『ジョジョの奇妙な冒険』の「スタンド」が「本体」に寄り添っているようでもある（とはいえ、この場合「本体」はどちらなのだろうか？）。あるいはダナ・ハラウェイの「伴侶種（companion species）」という概念を思い出してもよいかもしれない。ハラウェイは自身の飼い犬との関係（彼女は飼い犬とともに犬の運動競技アジリティーに出場している）を出発点に、擬人化を介した投影や愛玩の対象ではない親密で重要な他者として、伴侶動物、ひいてはより広い意味での伴侶種と人間の関係について想像する。犬と人との関係が示唆しうるものの射程は、おそろしく広い。

犬たちを通して、わたしのような人間は、土着の主権や、農業経済や、生態系の生き残り、食肉産業複合体のラディカルな改革、人種的正義、戦争や移住の諸帰結、テクノカルチャーの諸制度へと結ばれている。つまり、ヘレン・ヴェレンの言葉を借りれば「相乗り」（引用者注：原文は get on together）しているのだ。わたしが「純血種」のカイエンヌや「雑種」のローランドと触れ合うとき、わたしたちは、肉体のなかに、わたしたちを可能にしてくれた犬たちと人びとのつながりをすべて体現するのである。（ハラウェイ 一五〇）

ここでわたしたちが見ているのは、犬と人間の身体が、動物をめぐる種々の歴史と諸制度のなかで「相乗り」し、過去のすべての犬と人間の関係を含んだものとして自分たちの関係を再定義するさまだ。人種と闘犬をめぐる生政治の歴史の因果の延長線上で出会い、たがいの傍らに一心同体のようにして立つスキータとチャイナに起きているのも、この「相乗り」ではないだろうか。このひとつの存在となった南部黒人少年と犬は、たがいに寄り添うことで、支配や生権力の歴史のすべてをそれぞれの身体において受けとめつつ、それを超えた相互依存のもとに、双方にとっての重要な他者に、なおかつひとつの存在である別の何かに、変成していこうとしているように見えるのだ（第三章で言及したヒックとトゥースレスの関係も、思い出してほしい）。悲しいことに、そのように深い愛情を注ぐチャイナを、スキータはハリケーンの渦中で失ってしまう。足場を失って流されたエシュをスキータが助けようとする間に、濁流に飲まれていったのだ。チャイナが死んだとは決して認めないスキータは、ほかの家族がスキータの友人ビッグ・ヘンリーの家に避難したあとも、ひとり自宅があった場所の近くで犬の帰りを待つ。エシュはスキータに、みんなに合流するように促す。

「もしチャイナが帰ってきたら、もうどこにも行かないと思うよ。」

「『もし』じゃない」とスキータは言って、まるで自分の皮膚が脱ぎ着できるTシャツか何かみたいに、うなじから頭のてっぺんまで、頭蓋骨をなぞるようになでつける。まるで人の姿を脱ぎ捨てて、闇のなかでチャイナの白と対をなす黒いピットブルに生まれ変わり、かつては森だった木立ちのなかへと駆け出して、小川の流れをたどっていくと、そこにはチャイナがいて、震えるリスたちでいっぱいの樫の木のうろだとか、地面だとか、水辺の間にいるウサギたちの匂いを嗅いでいるみたいに。「チャイナは帰ってくる。問題は、それが『いつ』かってことだ。」(*Salvage* 二五七―七八)

この場面でのスキータは、まるで今にもみずからの皮膚を脱ぎ捨て、人間であることを止めようとするかのような境界的な存在として立ち現れている。エシュの想像のなかで、スキータは黒いピットブルへと変成し、人里を去って自然のなかでチャイナに合流する。そして物語は、祈りのようにチャイナの再来を想像するエシュの語りによって幕を閉じる。

チャイナ。チャイナは帰ってくる。背筋を伸ばしてすっくと立って、乳が枯れつくした体で。あたしたちが「穴ぐら」に起こした光の輪を見下ろして、あたしがずっと見守ってきたこと、闘ってきたことを知るだろう。チャイナは高らかに吠え、あたしをシスターと呼ぶだろう。星で埋めつくされた空に、待ち受けることの沈黙が大きく広がる。チャイナは知るだろう。あたしが母であることを。(*Salvage* 二五八)

ここではスキータとチャイナの関係の親密性が、エシュにも憑依している。それぞれが「母」であることを手がかりに、エシュとチャイナは姉妹関係をとり結ぶ[6]。壊れた家庭でヤングケアラーとして生きてきて、ハリケーンですべてを失った子どもたちが、ここでは即興的に、「相乗り」的に、動物の憑依を通じて、新しいケア関係を創出していくのだ。そしてこの物語のなかで、そうした即興的ケア関係は、家族を超えて拡大していくものでもある。結末の少し前にビッグ・ヘンリー(エシュに常にやさしく、唯一肉体関係を迫ってこない男性)がエシュに、お腹の子の父親は誰なのかと尋ねる場面では、実の父親マニーに拒絶されていたエシュは、この子には父親はいない、と答える(*Salvage* 二五四)。それに対してビッグ・ヘンリーはこう答えるのだ。「『それはちがうよ』と、ビッグ・

ヘンリーがいう。そう言ったときもこっちは見ないで、灰色のメキシコ湾を見つめている。(中略)『父親はいるよ、エシュ』ビッグ・ヘンリーが大きなやわらかい手、たぶん足の裏と同じくらいやわらかいんだろうと思わせる手を差し出して、あたしを助け起こしてくれる。『この子の父親はたくさんいる』」(*Salvage* 二五五)。ビッグ・ヘンリーの語る「父親」という語は、語り直されるなかで単数から複数へと変化していく。「たくさんいる」父親たちという表現は、一方ではエシュが複数の男性たちと関係を持っていたことに対する皮肉のようにも響くが、同時にそれは、血縁がなくても父親になることはできるという、お腹の子の実の父マニーが決してエシュにはくれなかった肯定の身ぶりであり、憑依的に重なり合う複数形の父親たちとの間に、いわば乱交的にケアの関係を開いていく契機を与える言葉だ。カトリーナという殺す母によってすべてを奪われながら、その暴力的自然のただ中で、憑依的に他者との類縁関係を見出し、ケアにつなげていく、ボワ・ソバージュの「サベージ」な子どもたちは、そうやってダーティな世界で生きのびる手段を見つけている。[7]

いま一度、序盤で引用したイェーガーの、「エコロジーをダーティにせよ」という提言に立ち戻りたい。イェーガーが語っていたのは、汚れたものであれ、物語を通して環境意識を形成していくことが、とりわけ南部の文脈においては重要ということだった。「母」としての自然が壊れる、あるいは暴力的なかたちであらわれる種々の出来事のあわいで、「母」が住まうダーティな現代の空間について再考し推敲するような物語を、おそらく現代の南部文学、そして環境文学は、必要としているはずだ。さらに、物語ることはもちろん人間的な営為だが、ウォード作品があぶり出した動物との憑依関係は、動物や自然という他者を自己の背に乗せて語らせること、「あなた」が「わたし」であるような想像的／創造的な関係性について語ることは、現代ではますます困難になっていながらも、なおも可能であること、そのような「あなた」と「わたし」の物語が、南部アフリカ系アメリカ人の特殊な歴史的経験に立脚しつつも、より大きな人間と自然の関係を考えるうえでのヒントにもなりうることを示唆している。

最後に、『骨を引き上げろ』と『歌え、葬られぬ者たちよ、歌え』が、個々の小説としての存在を超えてつながっていることを示す小さなエピソードを紹介しておきたい。『歌え、葬られぬ者たちよ、歌え』の終盤で、車に乗っているリオニーが、一瞬だがスキータとエシュが黒い犬を散歩させているのを見かける場面がある。

遠くをふたり連れが歩いていて、緑のトンネルを抜けるときに男のほうが見える。背が低く筋肉質で、黒い犬を鎖につないで歩いている。隣にいるのはやせた小柄な女で、くるくるとした巻き毛が蝶の群れみたいに動いている。ごく近くまで来てやっと誰だかわかった。近所に住む兄妹、スキータとエシェルだ。息の合った動作で、ふたりとも弾むように歩いている。エシェルが何かを言って、スキータが笑う。夕闇が迫り暗さを増す道で、あたしたちはすれ違う。

ミケラがまたあたしのシートを蹴ったから、振り向いてその脚をぶつ。あんまり強くぶったので、手のひらがじんとする。嫉妬と怒りが入り混じる。あの娘、なんてラッキーなんだろう。兄弟がみんな生きてて。(*Sing* 一九七)

『歌え、葬られぬ者たちよ、歌え』の物語においては、ここはドラッグの過剰摂取で死にかけたリオニーが這う這うの体で家に帰るところであり、幸福そうな隣人の姿がリオニーの暴力衝動を誘い、子どもが叩かれる暗澹たる場面だ。その一方で、『骨を引き上げろ』の読者にとって、スキータとエシュには、チャイナではなくとも、犬とともに笑いながら歩く未来があると知ることは、暴力のただ中である種の安堵をもたらしもするだろう。そしてそこに至るまでにふたりが乗り越えたもの、失ったものは、リオニーにはなに一つ見えてはいない。だが物語るとはきっと、そういうことなのだろう。理解しえないブラインド・スポットを含みながらも、たがいに交差し、乱交し、開かれていく複数形の物語を、現代南部の特異な文脈において生み出すこと。それこそが、ダーティ・サウス的ストーリーテリンの技術の神髄なのかもしれない。

第5章

「セイ・マイ・ネーム」

ふたつの『キャンディマン』とインターセクショナリティ

一九九二年公開のバーナード・ローズ監督の『キャンディマン』は、八〇年代のスラッシャー・ムービーの影響を残しながらも、その人種関係の主題の追求において圧倒的な新しさを持つホラー映画であり、カルト的人気を誇ると同時に、ジョーダン・ピールやニア・ダコスタなど新世代の黒人ホラー監督たちにとっての基本的参照枠にもなっている作品だ。『ヘルレイザー』（一九八七–）シリーズなどのホラー作品で知られる脚本家・監督・プロデューサーのクライヴ・バーカーの小説を原作とするこの作品で、監督のローズは原作のリバプールのスラム街という設定を大胆にアメリカに移植し、シカゴのカブリーニ＝グリーン地区にある低所得者層向け公営集合住宅（プロジェクト）を舞台とした物語として再創造した。ウィリアム・H・カーター、マイケル・H・シル、スーザン・M・ワクターが指摘するように、当時の公営住宅は「都市部の荒廃と無秩序の象徴」として、ポピュラー・カルチャーの想像力に定着するようになっていた（Carter et. al. 一八九三）。カブリーニ＝グリーンには複数のギャング団が並存し、不完全な警察の取り締まりのもとで激しい抗争を繰り広げていたといわれる。ローズは実際のギャングのメンバーもエキストラとして登場させながら、九〇年代に数多く作られた「フッド映画」――『ボーイズン・ザ・フッド』（ジョン・シングルトン監督、一九九一）や『ポケットいっぱいの涙』（アレン＆アルバート・ヒューズ監督、一九九三）などに代表される、暴力やドラッグ密売などのインナーシティ文化の闇をリアリズムの手法で描き、主として低予算で製作された作品群――をも想起させる手法で、貧困と暴力に彩られた都市空間を描き出した。ローズは都市伝説を用いて、現代の都市生活に過去の恐怖が侵入してくるというプロットを、ゲットー化したインナーシティ空間を舞台に再編成したのだ。

『キャンディマン』――人種の歴史と女性の語り

キャンディマンは、鏡に向かってその名を五度呼ぶと現れて、名を呼んだ人物を殺しにやってくる伝説の怪物だ。九二年の映画版は、この都市伝説を再現した物語内物語によって幕を開ける。そこではキャンディマンの伝説について博論を書こうとしている文化人類学専攻の大学院生ヘレン・

ライルが取材する学部生が、キャンディマンの物語を語り直している。ベビーシッターのティーンエイジャーがバイト先の家に気になる男性を招き入れ、戯れにキャンディマンを呼び出すというこの物語のヴァージョンが「インディアナ州モーゼス・レイク」なる場所に設定されていることは重要だ。中西部のこれといって特徴のない郊外の街は、『13日の金曜日』(一九八〇―)や『エルム街の悪夢』(一九八四―)シリーズをはじめとして、八〇年代のスラッシャー・ムービーの典型的な舞台であり、ジェイソンやフレディ・クルーガーと同様に、キャンディマンもまた人々の漠とした不安をすくい上げて具現化した超自然的なモンスターであることが、ここでは示唆されている。

だが映画版『キャンディマン』の特異な点は、こうした典型的なスラッシャー・ムービーの形式に、人種暴力の歴史的文脈が付け加わっていることだ。キャンディマンとしてモンスター化した人物は、もともとは一九世紀後半に肖像画家として活躍した黒人男性ダニエル・ロビタイルで、シカゴの裕福な白人家庭に雇われてその家の娘と恋に落ち、彼女を妊娠させたという。激怒した父親は群衆を駆り出してロビタイルをリンチする。腕を切断してフックを

映画『キャンディマン』(1992)
Production: Propaganda Films/ PolyGram Filmed Entertainment
Distributed by TriStar Pictures

ねじ込み、身体に蜂蜜を塗り込まれて蜂に集(たか)られ、ついには火あぶりにされたのだ。この凄惨な人種暴力の現場となったのが、映画版における現在の時点で公営住宅の建つカブリーニ＝グリーン地区だ。そこでは貧困層の住民を中心に、その名を呼んだ者を腕のフックで殺しにやってくるキャンディマンの都市伝説が生きつづけている。ヘレンは友人の黒人女性バーナデットとともに、この都市伝説を博士論文として出版するためにリサーチを行なっている。大学で働く掃除人の女性からカブリーニ＝グリーンで起きた未解決殺人事件がキャンディマンの仕業だと聞いたヘレンは、バーナデットの警告も聞かず、豪胆かつ傲慢な姿勢で公営住宅に乗り込んで現場のリサーチを行ない、未解決殺人事件の犯人は伝説の怪物などではなく、鏡の裏側から住宅に侵入して被害者を殺害したのだと推論する。公営住宅で出会った少年ジェイクにキャンディマンがいると教えられた公衆トイレを調べこんでいる最中に、ヘレンはキャンディマンの名を騙るギャングのメンバーに襲われる。これによって彼女の仮説はいったん証明されたように思われるのだが、その後ヘレンのもとに「本物の」キャンディマンが現れ、彼女をつけ狙うようになる。キャンディマンは公営住宅でヘレンが取材した女性アン・マリーの番犬を殺害して息子のアンソニーを連れ去ったほか、ヘレンの友人バーナデットも手にかけ、そのすべてをヘレンの仕業に仕立て上げる。追い込まれたヘレンは殺人被疑者として精神鑑定のため病院に収容されるが、そこを抜け出してカブリーニ＝グリーンに戻り、捕らわれたアン・マリーの息子を救うためキャンディマンと対峙する。鏡の裏側にあるキャンディマンの住処に描かれた壁画を見て、ヘレンはみずからがキャンディマンの子どもを身ごもった白人女性の生まれ変わりであることを理解する。彼女は赤ん坊の命と引き換えにキャンディマンとともに伝説になる運命を受け入れ、住民が起こした巨大な焚火のなかで焼かれるが、間一髪で赤ん坊を救い出し、アン・マリーに手渡して息絶える。カブリーニ＝グリーンをキャンディマンから救ったヘレンは共同体の英雄となり、さらには新しいキャンディマンとなる。すでに自分を裏切って学部生のステイシーに手を出していた夫のトレヴァーに名を五度呼ばれ召喚されたヘレンが、フックで夫を殺害してみずから都市伝説化していくところで物語は幕を閉じる。

『キャンディマン』のプロットにおいて際立つのは、黒人男性のモンスターと白人女性の奇妙な鏡像関係だ。イザベル・クリスティーナ・ピネドが論じるように、キャンディマンとヘレンの関係は、女性観客と黒人観客の双方にとってある種の快楽と力の感覚を与えている（Pinedo 一三二）。都市伝説についての博論執筆を目指すヘレンは、男性中心主義的なアカデミアでその能力を軽んじられている。所属大学の教授である夫のトレヴァーも、ロビタイルの物語を過去に論文化したフィリップ・パーセルも、彼女のリサーチ力を評価していない。さらにトレヴァーが浮気していることで、妻とはいえヘレンはあくまで交換可能な存在でしかないことが暗示されている。実際にヘレンが逮捕されると夫はあっさりと妻を捨ててステイシーを家に招き入れ、壁紙を塗りかえて新生活をはじめるのだ。人種的出自を理由に白人女性との恋愛を咎められ、腕を切断されるという象徴的去勢を経て陰惨なかたちで殺害されたのちに、暴力的に肉体に突き刺されたフックを武器に復讐に転じるキャンディマンと、プロフェッショナルな場でも私生活でも存在を軽視され、裏切られてやがて怪物化するヘレンは、白人男性中心主義的な社会における共通の抑圧のもとにある種の共犯関係を結んでいるのだといえる。

別の見方をすればヘレンは、キャンディマンのなかに鏡のように自分自身の存在を見出しているともいえるだろう。ジェシカ・ベイカー・キーが指摘するように、「ヘレンとキャンディマンの、白人家父長制の権力構造における犠牲者でありモンスターでもあるという曖昧な立ち位置は、作品における不気味な視覚的二重性や鏡像イメージの多用によってさらに複雑化する」(Kee 五二–五三)。鏡やドッペルゲンガーのイメージを使い、作品はヘレンとキャンディマンの二重性を視覚的に表現する。カブリーニ＝グリーンの公営住宅とヘレンの住む高級住宅街リンカーン・ヴィレッジのコンドミニアムは、建物自体まったく同じものであり、新しく建設されたハイウェイによって隔てられている。地域のジェントリフィケーションによって片方の建物は高級住宅化し、ハイウェイにブロックされたもう片方はゲットー化したのだ。[(1)]この同一構造のために、ヘレンはたまたま自宅のバスルームの鏡の裏側に、隣室とつながっている空間を発見し、公営住宅にも同じ空間があってそれがキャンディマンの侵入経路になっていると推理する。ヘレンがカブリーニ＝グリーンの殺人現場となった部屋の浴室で鏡の裏側に入り込み、キャンディマンらしき黒人男性の顔が描かれた壁画の口の部分を通って壁の反対側に行きつく場面は、鏡像関係としてのキャンディマンと彼女の最初の邂逅を象徴的に表現している。

さらに、キャンディマンとヘレンの物語は信頼性をめぐるものでもある。キャンディマンの存在をどう解釈するかには物語内において大きく分けて三つの可能性がある。まず字義どおりには、キャンディマンは実在する歴史の亡霊であり、現実にカブリーニ＝グリーンの住人たちをフックで殺し、恐怖とともに都市伝説のなかに生きつづけている。まさにフランケンシュタインのように、神話的なゴシック怪物が現代に蘇ったような存在だ。ただし、そうしたキャンディマンの神話性や歴史性は現代において忘却の危機に瀕している。最初の出会いの場面で、キャンディマンはヘレンにこう語る。「わたしは壁の落書きであり、教室の噂話だ。それらがなければ、わたしは存在しない。」「わたしの存在を信じろ。わたしの犠牲者となれ（“Believe in me. Be my victim”）。」ヘレンがキャンディマンの都市伝説を嗅ぎまわることは、キャンディマンにとってはみずからの存在の否定につながりうる脅威だ。それは第二の読みの可能性、つまり、キャンディマンとは所詮、カブリーニ＝グリーンを荒廃させ住民たちを死に追いやるギャング・ヴァイオレンスの比喩でしかない、という現実的解釈を呼び込む。ヘレンがキャンディマンの名を騙るギャングのメンバーに襲われる場面、およびヘレンとバーナデットが会話のなかで、映画の公開直前に実際にカブリーニ＝グリーンで起きた子どもの射殺事件に言及していることが、この解釈に正当性を与える。そもそも物語の現在の時点でキャンディマンを最初に召喚したのはヘレンだ。バーナデットにコンドミニアムとカブリーニ＝グリーンの構造上の共通点を説明するうちに、ヘレンは戯れに浴室の鏡に向かってキャンディマンの名を五度呼ぶ（バーナデットは怖気づいて途中でやめてしまう）。それはある意味、科学やアカデミズムへの信頼に基づいて都市伝説の恐怖を否定する不敵な態度であり、こうした態度の浸透のもとに、キャンディマンの伝説は死に瀕しているのだといえる。

しかしこの現実的・科学的解釈を揺るがすものとして、ヘレンを中心としたフィメール・ゴシック的プロットもまた物語に組み込まれていることは重要だろう。アメリカの作家シャーロット・パーキンス・ギルマンの古典的ゴシック短編「黄色い壁紙」（一八九二）を論じるキャロル・マーガレット・デイヴィソンは、次のようにフィメール・ゴシックの特質を定義する。「フィメール・ゴシックは、通常抑圧されている女性の恐怖や欲望――どちらもゴシックが魅了されるものだ――は、男性のそれらとはまったく違ったものだということに注意を差し向けるものだ」（五〇）。セクシュアリティ、恋愛関係からパートナーの裏切り、結婚生活や出産まで、女性としての経験に根差した恐怖を描くのがそのジャンル上の特徴であり、さらにいえばそれが女性の語りの信頼性の問題へと収斂していくものだということは、「黄色い壁紙」の精神を患っているらしい主人公の女性の語りと、彼女を治癒しようとして寝室で安静状態に置く医師の夫の科学的態度の対立においてまさに実践されているといえよう。『キャンディマン』の場合は、伝統的な女性の経験に加え、現代的な問題であるアカデミアにおける女性の位置が可視化される。論文をうまく出版できずにいるヘレンは当初からアカデミックな信頼性を相対的に欠いた状態にあり、夫を含む研究者コミュニティから疎外されている。クライヴ・バーカーの原作では、フックの手を持つ殺人鬼による報道されていない殺人事件について話したヘレンに向かって、トレヴァーがこう尋ねるくだりがある。「君自身はそれを信じるのかい？（Do you believe it?）」（Barker, "The Forbidden"）。これは問いというよりはあらかじめヘレンの物語の正当性を否定し、ガスライティングを仕かけるような行為にも思える。つまりキャンディマンの実在性をめぐる物語には、ヘレンの語り手としての信頼性が初めから賭けられているのだ。治安の悪いカブリーニ＝グリーンに周りの警告も聞かず乗り込んで住民に突撃取材をかけるヘレンのリサーチ方法は、もちろん現実的に考えればありえないものではあるが、トレヴァーや自分の指導教官であればそのような手法は絶対に使わないとわかったうえで、ヘレンがあえて一発逆転を賭けて非伝統的なやり方をとっていることは明らかだ。だが駐車場でヘレンがキャンディマンに出会う場面を境として、彼女の語りの信頼性は揺らいでいく。最初はアン・マリーの番犬、つづいてバーナデットと、ヘレンがかかわる存在が次々に殺されていく。そもそもキャンディマンは、彼の名を呼んで召喚した人物の目にしか見えないことになっている。そのためヘレンには、キャンディマンが被害者を次々に殺していくように見えているが、ほかの人間にはそれを見ることはできない。そこで第三の読みの可能性、つまり、精神に異常をきたしたヘレンが殺人を繰り返し、その罪を都市伝説の怪物に着せている、という解釈が生まれてくる。

そのことをわかりやすく示しているのが、バーナデットの死後、病院に収容されたヘレンがベッドに拘束されて横たわっていると、その真上にキャンディマンが現れる場面だ。ヘレンは動揺し、「助けて」と叫びつづけるが、もちろん看護師たちにはキャンディマンは見えない。興奮したヘレンは、鎮痛剤を打たれて眠りに落ちるが、この場面は実は録画されており、のちに医師と面会したヘレンは、キャンディマンが映っていない状態でひとり絶叫する自分の様子を映像で見せられ、ショックを受ける。一見するとこの場面において、ヘレンの信頼性の欠如と彼女の狂気は決定づけられたかに思える。しかし失った信頼性の回復のため、その場でヘレンは再度キャンディマンを召喚し、現れたキャンディマンがフックで医師を殺害するため、すべてがヘレンの妄想なのかどうかは依然としてはっきりしない。複数の視点、複数の読みの可能性がせめぎ合うなか、結局キャンディマンが実在するのかどうかは曖昧にされたままで物語は終わりを迎える。

カーステン・モアナ・トンプソンは、「キャンディマンとヘレンの間の闘争とは、言説の所有権をめぐる闘争であり、誰が神話をコントロールしているのかを見極めるためのもの」だと述べる（Thompson 七八）。この闘争において、最終的にはキャンディマンのモンスターとしての役割が結末でヘレンに手渡されることには、どんな意味があるのだろうか。最後の場面でヘレンは公営住宅の住民たちが起こした焚火のなかにみずから飛び込み、キャンディマンに炎のなかでとらえられながらも、なんとかアン・マリーの息子を救い出して絶命する。赤子とカブリーニ゠グリーンの黒人住民の共同体をキャンディマンの魔の手から救ったヘレンは、アン・マリーをはじめとして共同体の尊敬を受ける。彼女の葬儀にはカブリーニ゠グリーンの住民たちが長い列をなして現れ、少年ジェイクがその棺桶にキャンディマンのフックを落としていく。ヘレンの自己犠牲による赤ん坊の救済は、基本的には善意に基づいた英雄的行為であるように思えるが、彼女がその死において新しいキャンディマンとして君臨し、ハイウェイを挟んだ白人居住地域側にも恐怖を行き渡らせていくことには注意が必要だ。アヴィヴァ・ブリーフェルとシアン・ンガイはこの結末を、キャロル・クローヴァーが八〇年代のスラッシャー・ムービーのヒロインに関して提出した「ファイナル・ガール」概念のアップデート版として読み解いている。[2] 二人によれば『キャンディマン』のヘレンは、黒人男性のキャンディマンに代わって都市伝説そのものになることで、恐怖を与えられるものと恐怖を与えるもの、両方の位置を獲得する（Briefel and Ngai 八八―八九）。恐怖におののくか弱い犠牲者として登場しながら、武器を手に生きのびて暴力の主体ともなるファイナル・ガールは、フェミニズムの文脈ではエンパワリングな側面を持ちつつも、スラッシャー・ムービーが代表する白人特権と顕在性を余すところなく表現する存在でもある。ヘレンはこうした存在になることを通して、恐怖におびえる権利と恐怖を与える権利の双方を、いわばキャンディマンという黒人主体から簒奪して、白人だけで構成される郊外の風景に送り返している、ともいえるのではないか。ヘレンがトレヴァーをフックで殺害する結末の場面に注目してみると、殺されたトレヴァーを発見するステイシーは恐怖で絶叫しながら、手にはそれまでキッチンで投げやりな様子で肉を叩き切るのに使っていた大きなナイフを持っている。明らかにスラッシャー・ムービーの伝統をパロディ化しているこの場面が暗示しているのは、ステイシーもまたヘレンと同様、交換可能なファイナル・ガールとしていずれ怪物化していくのかもしれないということだ。そうであってみれば、人種暴力の悲劇を基底に持つキャンディマンの物語は、この結末においてその歴史性を剥ぎ取られ、スラッシャー・ムービー的なホワイト・アメリカの郊外の都市伝説に回収されていくようにも思える。

『キャンディマン』とインターセクショナリティ

基本的には作り手のリベラルな意図に基づいて、潜在的にロマンティックな人種間の関係をホラー表現において描き出した『キャンディマン』において、黒人男性と白人女性の連帯がこのようにいったん成立したかに見えて頓挫するのはなぜなのだろうか。そのことを考えるために、この映画公開時のアメリカの社会文化的文脈、とりわけインターセクショナリティ（交差性）と信頼性の概念について確認しておきたい。現在に至って急速に一般化しつつあるインターセクショナリティ概念だが、それを用語として最初に用いたのは法学者でCRT（批判的人種理論）の専門家でもあるキンバリー・クレンショーだった。社会学の視点から包括的にインターセクショナリティを論じているパトリシア・ヒル・コリンズとスルマ・ビルゲも述べているように、その功績は単にインターセクショナリティという語を「造語」したことだけにあるのではなく、「（1）個人のアイデンティティと集団のアイデンティティ間のつながりを描き、（2）社会構造に焦点を当て、（3）ウィメン・オブ・カラーに対する暴力の権力関係を理論化し、権力の構造的、政治的、表象的な力学を強調し、そして（4）インターセクショナリティの研究の目的は、社会正義イニシアティブへの貢献にあることを読者に思い起こさせる」ことにあった（ヒル／ビルゲ 一四二）。この概念についての議論でもっともよく言及されるクレンショーの論文は、一九九一年の「周縁をマッピングする――インターセクショナリティ、アイデンティティ・ポリティクス、ウィメン・オブ・カラーに対する暴力」だが、そのなかでも本章の文脈において重要なのは、アニタ・ヒルとの関連においてインターセクショナリティを論じている個所だろう。アニタ・ヒルとは、かつての上司であった最高裁判事候補（当時）クラレンス・トーマスによるセクシュアル・ハラスメントを告発した黒人女性弁護士である。クレンショーはこの告発に際して、アニタ・ヒルの弁護団の一員を務めていた。『ニューステイツマン』誌のインタビューにおいてクレンショーが語っているように、当時黒人としてはじめて最高裁判事候補となったトーマスが、メディアでみずからに寄せられた批判を「ハイテク・リンチ（high-tech lynching）」と表現したことが、アフリカ系アメリカ人に対して告発は人種問題であるというメッセージになったという（"Kimberly Crenshaw on Intersectionality"）。一方ヒルの主要な支持母体は、メインストリームの白人フェミニストたちだった。人種とジェンダーが交差するなかでヒルのアイデンティティはいわば透明化し、「マッピング」論文でクレンショーが述べているように、「レトリック上、力を失った。ひとつにはそれは、彼女が支配的なフェミニズムと反レイシズムの中間に属していたからだ」（Crenshaw 一二九八）。単に黒人であるか、単に女性であるかが焦点であるような法的議論のただ中で、「黒人女性」としてのヒルの交差性、その経験の具体性や特殊性は顧みられない傾向があった、ということだ。交差的な関係性において黒人女性の実存や生きられた経験が消失する現象こそ、クレンショーのインターセクショナリティの議論が可視化したことだったのだし、この消失はもちろん、ヒルの告発が誘発した信頼性の問題と深くかかわっていることもまた指摘されるべきだろう。ヒルがトーマスを訴え出たときにはセクシュアル・ハラスメントという概念自体が浸透しておらず、メディアにおいて彼女の証言は信頼性を欠いたものとして多くの批判や揶揄の対象になったが、特定の主体が被害者の立場から発言しても、即座に信頼性を欠いているとみなされること自体が、社会における複層的な抑圧の一部なのだ。「アニタ・ヒル、あなたを信じる（I believe you, Anita Hill）」はヒルの支持者のスローガンとなったが、その背景にはこうした信頼性をめぐる攻防があった。

もちろんインターセクショナリティという語を用いないまでも、アイデンティティの交差においてある特定の存在が消失を強いられる問題は、ブラック・フェミニズムの議論の蓄積を経て八〇年代から人文学全体で共有されていたものではあった。たとえば、脱構築批評としては例外的に黒人女性文学作品を積極的に取り上げたことで知られるバーバラ・ジョンソンは、その代表的著作である『差異の世界』（一九八七）のゾラ・ニール・ハーストン論のなかでブラック・フェミニストの代表的批評家であるベル・フックスの *Ain't I a Woman*（一九八一／邦題は『アメリカ黒人女性とフェミニズム――ベル・フックスの「私は女ではないの？」』）を援用し、人種とジェンダーが複雑に絡み合うなかで黒人女性が占めうる空白の位置をXとして表現しているが、これが交差性のなかでの黒人女性の消失の説明でなくてなんであろうか。ジョンソンは書いている。「さまざまなタイプの抑圧を見さだめようとしてアナロジーを考案し、それを語るディスクールから、こうして、当の黒人女性の存在そのものが抜け落ちてしまうのだ。〔中略〕この場合、黒人女性は不可視であると同時に偏在的である。つまりそれ自体としては決して見えはしないのだが、他人の目的に応じてたえず不当に利用されつづけるのである」（ジョンソン 二九五）。

「X」としての黒人女性

さて、インターセクショナリティをめぐるこれらの一連の議論が『キャンディマン』について考えるうえで有用だとすれば、それはもちろん、黒人男性と白人女性の関係が前景化されることにおいて抜け落ちていく事象や存在に焦点が当てられているからにほかならない。切断された手首に鋼鉄のフックを付けて現代に蘇った黒人男性のモンスター、キャンディマンが、恋人の生まれ変わりらしき白人女性ヘレンに見せる異常な執着は、批評においても問題視されてきた。黒人ホラージャンルを包括的に論じるロビン・R・ミーンズ・コールマンなどは「結局のところ『キャンディマン』は、白人女性性を讃えることについての映画なのだ」とまで述べている（Means Coleman 一九〇）。ジャック・ハルバースタムは「都市プランナーや歴史家やレイシストの白人不動産所有者に対してありとあらゆる社会批判を試みる一方で、究極的にはこの作品の恐怖は、黒人男性の身の毛もよだつような身体のうちに定着する。その怪物性は白人女性への欲望と、黒人女性を殺害する意図に差し向けられる」と論じている（Halberstam 五）。確かに手首の欠損に刺し込まれたフックと空洞化した胸部に集る蜂によって異形化したキャンディマンの身体が与えるボディ・ホラー的なインパクトは、そもそもリンチによる身体損壊の原因となった異人種間の恋愛そのものを、恐怖の源泉として観客の意識のうちに定着させてしまいかねない効果を持つ。[3] 作り手の意図がその正反対のところにあったとしても、ダイアン・ロング・ホーヴラーが指摘するように、すでに成立した黒人男性／白人女性の関係をめぐる比喩表現があまりに強固なために、リベラルな意図が無効化されてしまいかねない、ということだ（Hoeveler 一〇〇）。

さらに問題含みなのは、キャンディマンが主として標的とするのは、カブリーニ＝グリーンの公営住宅の貧しい黒人住民たち、特に黒人女性たちであることだ。人種暴力の歴史から生まれたモンスターが結果的に黒人ばかり殺しているというアイロニーがそこにはある。たとえばヘレンがジェイクから聞き取ったところでは、公衆トイレでキャンディマンが障害を持つ少年の性器を切り落とし、便器に投げ捨てたと噂されていた。みずから象徴的去勢の憂き目に遭ったキャンディマンが、同じ行為を別の黒人少年に対して繰り返していることをどうとらえるべきなのだろうか。また、ヘレンが最初に聞いたカブリーニ＝グリーンにおける殺人事件の被害者は、黒人女性ルシー・ジーンだった。隣室に住むアン・マリーの話では、浴室（ヘレンが鏡の裏側への入り口を見つけた場所だ）からルシー・ジーンの叫び声が聞こえたために「911に電話したけど、誰も来なかった」という。[4] プロジェクトの住民たちが暴力の犠牲になっているにもかかわらず、警察の取り締まり不足（underpolicing）による黙殺状態がつづいているということは、八〇年代から犯罪発生率において悪名高かったシカゴのインナーシティの状況をある程度正確に反映した側面はあるが、黒人男性／白人女性をめぐって展開する都市伝説の恐怖の物語の渦中で、黒人たち、特に女性の存在が、交差性において不可視化された「X」となっていることを見逃すべきではない。第一に、キャンディマンが黒人を標的にしているということは、黒人共同体内での暴力の再生産が、自己責任論的に黒人自身に帰されてしまう危険性につながるだろう。キャンディマンと新自由主義経済下の共同体の消失を関連づけて論じるフレッド・ボッティングは、「社会などというものは存在しない」というマーガレット・サッチャーの有名な発言を引きつつ、バーカーの原作におけるキャンディマン召喚の儀式が、福祉の切り捨てによって解体される労働者階級の共同体が恐怖を通してその存在を保持する機能を持つことを示唆している（五五）。社会が消失するなかで個人が暴力と貧困の負の歴史を背負わされる構造はレーガン政権下のアメリカを舞台とした映画版でも健在で、ローズは原作におけるイギリスの文脈を、警察による黙殺とジェントリフィケーションによって崩壊するカブリーニ＝グリーンの黒人共同体に移し替えている。ただこの文化的移植のプロセスにおいて、階級と結びつけられていた貧困が人種と結びついて本質化されてしまった点には注意しなくてはならないだろう。つまりアメリカ的文脈では階級がXの不可視性のなかへと消失していく。福祉が切り捨てたプロジェクトの荒廃が、社会全体ではなく、暴力の主体であり対象でもある個人、しかも特定の人種的ルーツを持つ個人の責任へと容易に横滑りしうることを、キャンディマンによるカブリーニ＝グリーン内部での暴力の反復ほどわかりやすく示しているものはない。さらに、この作品における信頼性の問題はヘレンのフィメール・ゴシックのプロットに集中しがちだが、女性としてみずからの声を聞き取ってもらえないという問題を抱えているのは、ヘレンひとりではない。にもかかわらず、助けを呼んでも無視され殺されたルシー・ジーン、あるいは作品後半で無残に殺されるバーナデットの存在は、キャンディマンの都市伝説には組み入れられることがない[5]。代わりに信頼性は、キャンディマンとして実体化するヘレンのものとなる。つまり、『キャンディマン』が主として人種を超えた連帯を志しながらそれが果たされないのは、作中で黒人アイデンティティにおけるX——人種と、階級やジェンダーの交差性——が盲点化しているからなのだ。

恐怖を奪回すること——二〇二一年版『キャンディマン』

ニア・ダコスタ監督による二〇二一年版の『キャンディマン』は、一九九二年の『キャンディマン』が残した未解決の問題——黒人男性と白人女性が共通の抑圧構造のもとに試みた連帯が、皮肉にも黒人女性の殺害とコミュニティの破壊の上に危うく成立するものであること——に対する直接の回答になっている。このリメイク版は、『ゲット・アウト』（二〇一七）で新世代黒人ホラージャンルの旗手となったジョーダン・ピールも執筆に加わったオリジナル脚本で、九二年版の結末でヘレンに救い出されたアン・マリーの息子アンソニーが、人種暴力の歴史が生んだモンスター、キャンディマンとしてのアイデンティティを受け入れ、継承していくことに

映画『キャンディマン』(2021)
Production: Metro-Goldwyn-Mayer
Bron Creative Monkeypaw Productions
Distributed by Universal Pictures

ついての物語になっている。

新進の画家であるアンソニーは、自身の出自に深くかかわる場所とも知らずカブリーニ＝グリーン地区付近に暮らしている。高層プロジェクトはすでに取り壊され、隣接地域は再度のジェントリフィケーションを経て、芸術家たちに比較的安価でヒップな住居やアトリエを提供するアート・ディストリクトになりつつある。名のある白人画商からもっと「黒人らしい」社会性を盛り込んだ作品を描くようプレッシャーをかけられたアンソニーは、カブリーニ＝グリーンに隠された負の歴史について学ぶために公営住宅の跡地を訪れ、子ども時代からそこに住むコインランドリー店の店主ウィリアム・バークに話を聞くうちに、キャンディマンの都市伝説に魅入られ、それにインスパイアされた作品「セイ・マイ・ネーム」を作り込んでいく。カブリーニ＝グリーンで蜂に刺された傷跡が悪化するのに伴って、アンソニーの身体そのものもモンスター化していき、恋人のアート・ディレクター、ブリアナもアンソニーの変化におびえ、彼のもとを去る。母アン・マリーのもとを訪れてついに自分の出自を知ったアンソニーは、都市伝説の再度の具現化を待ち望むバークによって手首を切断されフックを装着されて、キャンディマンそのものに変貌を遂げる。だがアンソニー／キャンディマンは、バークの通報を受けて駆けつけた警官たちに問答無用で射殺されてしまう。警官に偽証を強いられたブリアナがパトカーのミラーを使いキャンディマンを召喚すると、アンソニー／キャンディマンが現れて警官たちを皆殺しにする。顔中に蜂が集(たか)るなか、キャンディマンは次第にオリジナル版のトニー・トッドの姿に変化し、生きのびたブリアナに「みなに（その名を）告げよ」と伝える。

ＤＶＤ特典のインタビューでピールが語っているように、リメイク版の主要な意図は、「黒人の視点から」キャンディマンの物語を語り直すことだ（"Filmmaker's Eye: Nia DaCosta"）。具体的にはそれはまず、オリジナル版の鏡像イメージを反転させることによって実践される。冒頭から二〇二一年版は、この反転を視覚的に表現している。たとえば九二年版は、シカゴの都会的建築物とハイウェイが織り成す幾何学的パターンをとらえた冒頭のタイトルクレジットの空撮で有名だが、リメイク版のタイトルクレジットはこの空撮を反転させ、地上からさかさまにあおる角度で特徴的な高層建築を映し出していく。それだけでなく、本編がはじまる前に映し出されるユニバーサルやＭＧＭのロゴマークまで反転されているという凝りようで、鏡像イメージの重要性が強調されている。リメイク版におけるこの鏡像の反転は、ベル・フックスがその著書 *Black Looks* で提出した「反転的まなざし（"oppositional gaze"）」という概念を想起させる。同タイトルの章において、フックスは映画における視線の問題と人種、ジェンダーの問題を交差的に論じている。一九五〇年代にミシシッピ州でリンチされ惨殺されたエメット・ティルにかけられた嫌疑が「白人女性に色目を使った」ことだったという事実に明らかなように、黒人にとって白人を見ることはそれこそ生命の危機につながりかねない行為だった。フックスの定義する「反転的まなざし」は、そのように歴史上、見ることを回避し、あるいは禁じられ、一方的に見られる存在でありつづけてきた黒人が、反対側を見返す批判的視点だ。そのまなざしは、人種の問題と視線の関連性を黙殺する白人中心のフェミニスト映画批評にも向けられている。フックスは次のように論じる。「男性的まなざし（male gaze）」の権力について語る一方で、「性的な差異を特権化する精神分析ベースの非歴史的な枠組みに根差したフェミニスト映画批評は、人種を認識することを積極的に抑圧し、映画のなかの黒人女性性の消失に反応し、またそれを反映して、人種的差異、いや人種的かつ性的な差異をめぐる議論を沈黙に追い込んできた」（hooks, *Black Looks* 一二三）。

フックスのそれにも似たすぐれた「反転的まなざし」を用いて、ニア・ダコスタは交差性をめぐる消失から黒人主体を救い上げ、スクリーン上に召喚する。九二年版の最大の矛盾とは、人種暴力の歴史のうちから生まれ出たキャンディマンが黒人（女性）ばかり標的にしていたということだった。ダコスタはキャンディマン伝説とそのフックの魔の手を、ジェントリフィケーションを経たアート・ディストリクトを起点に白人の生活圏に行き渡らせることによって、この問題に応答する。高校の女子トイレで白人の少女たちがキャンディマンを召喚し、全員が殺される（彼女たちに馬鹿にされている黒人少女は一人で個室にこもっていて助かる）場面に顕著なように、二一世紀に蘇ったキャンディマンが白人を次々に殺害していくさまはある種衝撃的だが、そこで作り手が強調するのはもちろん暴力の享楽そのものではないだろう。むしろダコスタは九二年版で起きていた殺害を、シンプルに人種をスイッチするかたちで反転して見せているにすぎないのだ。もし白人観客がその反転されたイメージに居心地の悪さを覚えるとしたら、その原因は観客自身の視点に内在している。それは文化研究者エリック・ロットが「ブラック・ミラー」と呼ぶものであり、「支配的文化が常に想像のなかの黒人の他者を通してみずからを見る」という行為にある。「もしデュボイスの『二重意識』が、いかにアフリカ系アメリカ人が白人の支配の目を通してみずからを見ることを強いられているかをとらえていたとすれば、ブラック・ミラーリングは弁証法的にそれと関連しながらも非対称的にそれを転倒させたものであり、白人であることの享楽と特権をまさに媒介するものである」（Lott xvii）。ブラック・ミラーが（白人）観客に与える居心地の悪さとは、黒人に向かうべき暴力が自己の身体を襲っていることに対する衝撃にほかならない。鏡を反転させたら、何が見える？二〇二一年の『キャンディマン』は、見る側にそう問いかけている。

リメイク版においてもうひとつ重要なのは、ブラック・ライヴズ・マターの時代における新しい社会的文脈が導入されていることだろう。警察暴力が悪化の一途をたどる現在において、シカゴのプロジェクトをめぐる物語の主要な背景は九二年版の警察による黙殺（underpolicing）から、BLM時代の過剰介入（overpolicing）にシフトしている。キャンディマンの都市伝説に影響され、鏡のイメージを多用したアンソニーの作品のタイトル「セイ・マイ・ネーム」は、警察暴力の犠牲となった黒人女性の名を呼ぶハッシュタグキャンペーン、#SayHerNameを想起させる。ちなみにキンバリー・クレンショーはこのキャンペーンを名づけたＡＡＰＦ（アフリカン・アメリカン・ポリシー・フォーラム）の設立者でもある。名を呼ぶこと。それは都市伝説キャンディマンを忘却の淵から救い出し、その存在の具体性と歴史性を回復することだ。重要なことにリメイク版において、キャンディマンはひとりではない。それはアンソニーであり、ロビタイルであり、剃刀入りのキャンディを子どもにあげた嫌疑で警官に殺されたシャーマン・フィールズであり、その他すべての反復的人種暴力の犠牲者だ。「ジェントリフィケーションは暴力の一形態だ」と、インタビューのなかでダコスタは語っているが、それは建築物の建て替えや住民の入れ替えによって土地の負の歴史を忘却するプロセスであるからにほかならない（"Say My Name"）。キャンディマンを召喚することはこれらすべての人物たちの信頼性を回復し、度重なるジェントリフィケーションによって忘れ去られた暴力の起源を後世に伝えることなのだ。

九二年版で白人女性ヘレンにいったん手渡された怪物性は、本作ではダコスタによって再度黒人に差し戻されるが、同時に恐怖のエージェンシーもまた黒人のもとに送り返されている。九二年版におけるナラティヴィティと歴史性、物質性を論じるローラ・ワイリックは、誘拐され救い出される赤子アンソニーは、物語の正当性をめぐって展開されるヘレンとロビタイルの象徴的戦いを物質化した存在だと論じる（一一〇）。ロビタイルのキャンディマンとしての性質がヘレンに移譲され、ヘレンが郊外の都市伝説へと姿を変えるなか、アンソニーは母により記憶を封印されみずからの身体がまとう歴史性と物質性を失っている、というのが二〇二一年版のスタート地点だ。アンソニーが黒人モンスター、キャンディマンとしての自己を受け入れるためには、失われた身体性を取り戻さなければならない。リメイク版におけるボディ・ホラー的細部は、この目的に寄与するものだといえるだろう。前述のように九二年版ではキャンディマンのボディ・ホラー的身体は、黒人男性の他者化に向かう効果を持ちかねないものであったが、二〇二一年版ではそれは、主人公の自己発見のプロセスに組み入れられている。インタビューでダコスタは、アンソニーの異形の身体をデザインする際にデヴィッド・クローネンバーグの『ザ・フライ』（一九八六）を参照したと語っているが（"The Impact of Body Horror"）、確かに『キャンディマン』にも虫による人間の身体の侵襲と異形化はわかりやすく表現されている。蜂に刺されたアンソニーの手の甲の傷は次第に腕全体に拡大し、皮膚表面は蜂の巣のように凹凸化し、爪は剥がれ落ちていく。手の甲にできた分厚いかさぶたをアンソニーが剥がす場面は、鋭い痛みを喚起させるボディ・ホラーの典型のようだが、それはまさに自己存在の深層の、痛みを伴う発見にもつながっているのだ。最終的には腕全体が刺青のように蜂の巣のパターンに覆われて腐敗し、アンソニーがキャンディマンとして怪物化する準備が整う。複雑な模様の先端にフックを突き刺されたその異形の身体は、暴力の受容者でもあり、行為主体（エージェント）でもある。九二年版のキャンディマンが辿った身体的変容を反復することで、アンソニーの身体は歴史性と物質性を取り戻し、恐怖のエージェントへと変容する。

アンソニーの恋人の黒人女性ブリアナが、最後まで生き残るファイナル・ガールに据えられていることも、恐怖のエージェンシーの黒人主体への移動を適切に表現しているだろう。警察暴力の犠牲となった黒人女性ブリオナ・テイラーを想起させる名を持つブリアナは、敏腕アート・ディレクターとしてアンソニーよりはるかに社会的に成功しているかに見える人物であり、一見してジェントリファイされて白人ヒップスターにまみれた新しいカブリーニ＝グリーンに馴染んで生きているように思われる。しかし彼女には、画家の父が目の前で飛び降り自殺を図ったというトラウマ的な過去の経験があり、その経験がもしかすると彼女とアンソニーを結んでいるのかもしれないことがほのめかされている。アート界隈で起こる連続殺人事件の渦中で奇妙な言動を取りはじめるアンソニーに恐怖して、いったんブリアナは彼のもとを去るが、結局は彼に会うためバークのコインランドリー店に赴き、アンソニーがフックを装着されキャンディマン化するのを目撃する。その後自分を殺そうとしたバークを鉄パイプで殴って返り討ちにするブリアナは、単に恐怖におびえる被害者ではなく、武器を手にしたファイナル・ガールに変貌していくのだ。突然乗り込んだ警官が聴取も警告もなしにアンソニーを射殺するのを目の当たりにし、それが警官側の正当防衛であると証言するよう脅迫されたブリアナは、パトカーのなかでキャンディマンを召喚する。鏡に向かって四度名を呼んだところで、不振がった警官が「キャンディマン？」と聞き返したのが五度目にカウントされ、ここでキャンディマンが現れる――ファイナル・ガール、ブリアナのサヴァイヴァルを可能にするための巧妙な仕掛けだ。ＢＬＭ時代の新しい人種暴力を背景に、二〇二一年のキャンディマンは復活を遂げ、警官たちをフックの餌食にしていく。トニー・トッドの姿で復活し、かつほかのすべてのキャンディマンを代表している新しいキャンディマンの決め台詞が、九二年版の「わたしの犠牲者となれ（"Be my victim"）」ではなく、「みなに告げよ（"Tell everyone"）」に変わっていることは印象的だ。その意図は、スラッシャー・ムービー的な加害／被害の鏡像的関係性を脱却し、鏡の向こう側に出て死者の声を世界に伝えることにある。複数のキャンディマンたちは、オリジナル版で殺されていった数々の黒人たちの姿とも重なり、死者の名を適切に思い出し世に広く知らしめるようブリアナに、そして観客であるわたしたちに呼びかける。人種暴力の歴史のなかで生まれたモンスター、キャンディマンは、新たな、しかし昔から変わらない人種暴力の文脈を得て、黒人ファイナル・ガールの立ち合いのもと、カブリーニ＝グリーンを超え世界にその名を響かせるのだ。

ホラー映画史家ロビン・ウッドはかつてホラー映画ジャンルの本質を「抑圧されたものの回帰」（Wood 七八）と定義したが、ローラ・ワイリックはさらにそれを発展させ、ホラーは抑圧されたものの回帰だけではなく、反復される中で一種の剰余を生むものでもあると論じる。その名を呼ぶことによってキャンディマンを召喚する言語的儀式は、必ず物理的・物質的な暴力――フックによりもたらされる死――に帰結する。そしてこの恐怖はスクリーンを飛び出し、ポスト映画的な世界、観客が住む外部の「現実」において、いい知れぬ剰余として回帰することの予言にもなっているのだ（Wyrick 一二―一三）。わたしたちがキャンディマンを怖れるのは、召喚の儀式はいつでも、鏡さえあれば、スクリーンのこちら側で再現可能だからなのだ。かくしてキャンディマンのトラウマの核は、「みな」の世界に伝播する。しかしその一方で、そのトラウマ的恐怖の起源は歴史的特殊性において記憶されねばならない。インタビューでダコスタは「キャンディマンの物語は［中略］、物語ることを通して死者を悼み、トラウマに向き合う方法について語っているのです」と述べている（"Say My Name"）。ダコスタの言葉に現われているように、ホラージャンルは単に大衆の集合無意識を映し出す鏡であるだけでなく、死者に対する喪の行為の場でもあるのだろう。そしてホラー映画には、語り継ぎ、記憶するという機能もある。アンソニーの母アン・マリーは、わが子を忌まわしい都市伝説からできるだけ遠ざけておきたい一心で、彼がカブリーニ＝グリーンで生まれたことも、そこで起きたことも隠していた。だが結局アンソニーは、運命に引き寄せられるようにしてみずからの出自を発見していく。そこで必要だったのは、歴史を隠蔽し口をつぐむことではなく、むしろその個別性と歴史性のもとに死者の名を呼び、ジェントリフィケーションや警察暴力のあわいで土地から消失していく黒人主体の存在を、怪物的身体の物質性において記憶にとどめることだったのだ。ダコスタはこうも語る。「伝説や物語を語り継ぐことは、恐怖に立ち向かい、共同体内部の恐怖から自分たちや子どもたちを守るための方法なのです」（"Filmmaker's Eye: Nia DaCosta"）。つまりホラー映画ジャンルのもうひとつの機能とは、恐怖の物語を継承しつづけることによって、現実の暴力から共同体を守ることでもある。そしてその恐怖は、スラッシャー・ムービーのモンスターが代表してきたような抽象的な郊外の恐怖ではなく、独自の顔と声、個別性を湛えた怪物がもたらすものだ。ピールやダコスタによって黒人ホラー映画の新たな潮流が生まれている現在において、再度認識されるべきなのは、単にホラー映画における黒人クリエイターの包摂の問題だけではない。奴隷制に端を発する人種暴力の経験が、アメリカのホラー映画ジャンル独自の表現を形成する上で大きな役割を果たしてきたことを、ふたつの『キャンディマン』をめぐる歴史は物語っている。

第6章

湿地のエージェンシー、ぬかるみのフィクション

ディーリア・オーウェンズ『ザリガニの鳴くところ』と人新世の物語

湿地のエージェンシー

一九九〇年代以降に発展したエコフェミニズムの思想の基盤にあるのは、女性と自然の間の交差性の発見だった。キャロル・A・アダムズとローリー・グルーエンが指摘するように、エコフェミニズムは女性と自然の「他者化」のプロセスをともに強化するような権力構造の交差的な存在に注意を差し向けた（Adams and Gruen 一）。二〇〇〇年代以降の人文知のマテリアル的転回を受けてその思想はさらなる発展を見せ、たとえばステイシー・アライモの仕事が示したように、「人間の身体と非-人間的な自然との相互の関連性や交流、横断性」を重視するようになっていった（Alaimo

二)。この批評の流れの最たる功績のひとつは、エージェンシーなき存在とされている非-人間や自然のなかにエージェンシーを見出したことだろう。つまりそこには自然を、人間による介入や採取を待ち受けるウィルダネスとしてではなく、周辺環境を構成しそれに働きかける積極的なエージェントとして、人間と非-人間的存在をともに包摂する物質的な空間として再考しようとするパラダイム・シフトがあった[(1)]。

こうしたエコフェミニズム批評の功績を考慮するならば、二〇一八年出版のディーリア・オーウェンズのベストセラー小説『ザリガニの鳴くところ』は、自然や非-人間のエージェンシーをめぐる作品として読むことができるだろう。動物行動学者として長くアフリカに滞在した経験を持つ作者が二〇世紀半ばのアメリカ南部を舞台に書いたこの小説は、初の創作とは思えない巧みな筋運びにおいてだけでなく、物語の舞台となるコースタル・マーシュと呼ばれるノースキャロライナ州大西洋岸の湿地帯の存在感においても異彩を放つ。作品は次のような湿地の描写ではじまる。

湿地は、沼地とは違う。湿地には光があふれ、水が草をはぐくみ、水蒸気が空に立ち上っていく。緩やかに流れる川は曲がりくねって進み、その水面に陽光の輝きを載せて海へと至る。いっせいに鳴きだした無数のハクガンの声に驚いて、脚の長い鳥たちが――まるで飛ぶことは苦手だとでもいうように――ゆったりとした優雅な動きで舞い上がる。

そして、その湿地のあちこちに、本当に沼地と呼べるものがある。じめじめした木立に覆い隠され、低地に流れ込んだ水が泥沼をつくっている。泥だらけの口が日差しを丸呑みにするせいで、沼地の水は暗く淀んでいる。夜に活動する大ミミズでさえ、この隠れ家では昼のあいだも動き回る。もちろん無音というわけではないが、沼地は湿地と比べて静かでもある。分解は細胞レベルの現象だからだ。生命が朽ち、悪臭を放ち、腐った土くれに還っていく。そこは再生へとつながる死に満ちた、酸鼻なる泥の世界なのだ。(Owens 一)

この冒頭部分において、湿地はそれ自体の構造や関係性を持ったエージェントして立ち上がってくる。それは水や草、水蒸気や鳥たちを内に含み、それらの相互の交流を通じて独特の生態系をつくり出している。人間の想像力を超えた複雑さとスケールの大きさ、物質性がそこにはある。

セレネラ・イオヴィーノとサーピル・オッパーマンは、物質のエージェンシーについて考えることはナラティヴィティやテクストの概念に深い影響を及ぼすと論じている。「もし物質にエージェンシーがあり、固有の意味を生成することができるとしたら」と、ふたりは述べる。「身体から生のコンテクストに至るまで、あらゆる物質の配置は「語り」を行なっているのであり、ゆえにそれらをめぐる物語や、物質と言説のかかわりや、「生成の振り付け」(Coole and Frost 一〇)を発見することをめざす批評的分析の対象となりうるものなのだ」(Iovino and Opermann 七九)。この主張に照らせば、『ザリガニ』というフィクションがこの冒頭の描写で行なっているのは、まさに語りやテクストという、もっぱら人間が特権的に行なう営為や創作物とみなされてきたものたちを自然のなかに再配置する試みだといえる。そしてそこにおいて人間の存在は、外的な観察者でも例外的なエージェントでもなく、その世界の複雑さを構成する要素のひとつなのだ。

先に引用した冒頭の描写の直後、沼地の腐臭の内からひとりの人間の死体が浮きあがる。それは物語の主人公カイアとかつて関係を持っていた男性、チェイス・アンドルーズのものだ。このミステリー仕立ての物語の幕開けにおいて、沼地は事件のアクティヴなエージェントとして振る舞う――「沼地はひっそりと、だが着実に死体を引きずり込み、それを永遠に包み隠してしまうはずだった。沼地は死というものをよく知っていたが、必ずしもそれを悲劇として定義するわけでもなく、むろんそこに罪を見出すこともない」（Owens 二）。ある人間の死に関与しつつ、悲劇や罪といった人間的な倫理概念を欠いた視点でその死について語る沼地のエージェンシーのありようは、この小説全体において自然が発揮する語りの力をもっともわかりやすく示している。

『ザリガニ』が持つこのような自然のナラティヴィティは、オーウェンズがたとえばネイチャー・ライティングのような一人称のノンフィクションではなく、「社会生物学的スリラー（socio-biological thriller）」とみずから呼ぶものを通して湿地の自然と人間のかかわりを描いたことの意義について、何らかのヒントを与えているかもしれない（Cary, "Delia Owens"）。オーウェンズはアフリカ時代の経験を当時の夫マーク・オーウェンズとの共著により『カラハリが呼んでいる』（一九八四）以下三冊の自伝として出版しており、『ザリガニ』には主人公がはじめて読む本として、二〇世紀アメリカのネイチャー・ライターの草分けであるアルド・レオポルドの『野生のうたが聞こえる』（一九四九）が登場する。ネイチャー・ライティングの伝統のなかで書いているという意識は間違いなく作者にあったはずだ。『ザリガニ』では非-人間的な視座において湿地の世界のありようを記述しようとするポストヒューマン的な試みがテクストの主要な部分を占め、湿地世界の生き生きとした物質のエージェンシーがとらえられている。だがその一方でこの作品はミステリー小説、つまり人間の手垢のついた物語でもある。[2] エドガー・アラン・ポーの「黄金虫」と『ザリガニ』の類似性を論じるジョン・グルーサーが指摘するように、オーウェンズの執筆は作品を結末から着想して遡及的に書くというプロセスを辿っており（これはポーに共通するメソッドでもある）、時系列を解体して出来事を再構成するというフィクションならではの手法がそこでは採られている（Gruesser 一二〇）。つまりこの作品は、究極的には人間的な営みを否定するのではなく、ミステリーからラブロマンス、法廷サスペンスまで、人間の生み出した物語の諸ジャンルを実践し、なおかつそれを湿地という物質のナラティヴへ接合しようとする思いのほか実験的な試みでもあるのだ。かつて南部作家フラナリー・オコナーはこう書いた。「フィクションが扱うのはあらゆる人間的なるものであり、わたしたちは土くれでできている。泥にまみれるのが嫌なら、フィクションなんて書くべきではない」(O'Connor 六八)。もしかするとオーウェンズは、オコナーが語ったことを人新世の新たな文脈において実践しているのかもしれない。『ザリガニ』はいかに自然と人間のエージェンシーの交錯やゆらぎを記録し、主人公カイア・クラークの自然と人間的なるものに対するアンビヴァレントな態度のうちに物語化しているのだろうか。

人種、階級と自然

『ザリガニ』は、家族に捨てられたプア・ホワイトの少女カイアが、湿地に建つ小屋にひとり残って成長していくさまを描いている。学校にも通わず、近隣の町バークリー・コーヴの住民から差別されているカイアは、冒頭で死亡が確認されるチェイスと、兄の友人でのちに彼女に読み書きを教えるテイトという、のちに恋愛関係となる二人の男性を除けば、ほとんど町の人々とかかわりを持たない。唯一長年にわたって友好関係を保つのは、湿地帯の水辺、黒人居住区からそう遠くない場所でガソリンスタンド兼釣具店を経営する黒人男性ジャンピンとその妻メイベルである。ジャンピンはカイアが湿地で掘り集めるムール貝と引き換えにガソリンなど最低限のライフラインを提供し、少女の湿地生活の継続を可能にするが、その友情の背後には、社会的な隔離状態という共通の境遇や差別体験が存在している。二〇世紀半ばのアメリカ南部の人種隔離システムや階級意識はこの作品の重要な背景をなしており、それはいかに人間の社会関係をめぐるイデオロギーが周辺の自然環境と複雑に絡み合いながら形成されていくかを示している。[(3)]オーウェンズは原書の巻末に収録されたインタビューのなかで、ノースキャロライナの湿地の歴史について語っている。

人間によって開発されていない三角州や入り江に四百年以上にわたって暮らしてきた人々の歴史については、ほとんど記録されてきませんでした。過酷な環境をものともしないこれらの人々は、反乱を起こした水兵や、追放者や、負債を抱えた人や脱走者、逃亡奴隷や解放奴隷などの集まりでした。英国であれ、地方政府であれ、米国であれ、為政者がつくり出した法律には従わず、土地から得られるもので暮らし、マスクラット（げっ歯類の一種）のように屑を積み上げて所有地を区画していたのです。一九四〇年代に生まれたカイアは、大地と水でできた独自の国に何世代にもわたって暮らしてきた真の湿地人の最後のひとりということにおそらくはなるでしょう。（Owens 三七四）

オーウェンズの語りからは、数百年もの間にわたって、この地域には多人種の社会的追放者からなるマルーン的共同体が存在していたことがわかる。湿地帯の豊かな自然環境はこうした追放者たちに隠れ場所や食物、生活手段を与え、これらの人びとはある種の自然との依存関係のなかで独自の共同体を築いていった。しかし近代化とそれに伴う近隣の共同体の開発の歴史のなかで、湿地人たちの自然との結びつきは次第にスティグマ化され、否定的な意味合いを帯びるに至った。作中でカイアは町の住人たちから「マーシュ・ガール（湿地の娘）」、「ミス・ミッシングリンク」、「狼少女」（九一）などと呼ばれて差別されるが、そこには明らかに彼女と自然の近さを社会的な烙印として見る排除の論理が働いている。

アガンベンはその著書『開かれ――人間と動物』のなかで、アンシャン・レジーム期に数多く発見された野生児とは「人間のもつ非人間性の使者であり、人間のアイデンティティが脆弱であることと、人間に固有の顔が欠如していることを告げる証人」なのだと書いている。

> ヨーロッパの辺境の村々に頻繁に現われるようになる野生児は、人間のもつ非人間性の使者であり、人間のアイデンティティが脆弱であること、人間に固有の顔が欠如していることを告げる証人なのである。これら言葉をもたぬ不確実な存在に対して、アンシャン・レジーム期の人々が彼らのうちにみずからの姿を認識し、彼らを「人間化」しようとして傾けた情熱から垣間見えてくるのは、この時代の人々がいかに人間の不安定さを自覚していたか、ということである。（アガンベン 五九）

野生児がつきつけるのは人間存在の不安定さそのものだ。カイアを執拗に排除する町の住人たちにとって、動物のように湿地に隠れて暮らし、人間の属性から逸脱して見えるマーシュ・ガールは、自分たちの社会や人間性に対する脅威なのだ。逆にいえば、住人たちにとっての人間性の基盤は、別の存在を排除することでかろうじて成り立っている危ういものにすぎない。このことを示す象徴的な出来事として、カイアが人生で一度だけ学校に行く日のエピソードがある。教師から「犬(dog)」という言葉をスペルアウトしてみるよういわれたカイアは、誤って「神(God)」と言ってしまい、教室中の笑いものにされる(二八)。だがここで示唆的なのは、ほかの生徒たちがふたつの言葉をロゴセントリックな人間世界のヒエラルキーでとらえる一方、教育システムの外に身を置いてきたカイアの思考にはそうした概念は存在していない。彼女にとって神と犬は、スペルが逆転した類縁関係にあるというだけだ。ふたつの存在を区別できないカイアは嘲笑され、二度と学校へは戻るまいと決意するが、その後は文字通り湿地と人間の共同体、人間と非-人間を接続する中間的存在として生き、独学で学んだ湿地のナチュラリストとして、鳥や貝などの生物を細かに観察し、分類した書籍の数々を出版するまでになる。

「殺し」を自然に接合すること

『ザリガニ』の物語の重要な出発点は、母の失踪だ。カイアが六歳のとき、アル中の夫の暴力に耐えかねた母親が家を出ていき、その後ひとりまたひとりと兄や姉たちも消えていく。たまには生活費を持ち帰ることのあった父親もついには戻ってこなくなり、年端もいかない少女はひとり湿地帯に隠れて生きていくことを強いられる。母親が出ていって間もなく、兄のひとりジョディは、母はきっと帰ってくると、妹に言って聞かせる。


「母さんは戻ってくるよ」ジョディが言った。

「どうかな。ワニの靴を履いてったよ」

「母親は子どもを置き去りにしたりしない。そういうものなんだ」

「赤ん坊を捨てたキツネの話をしてたじゃない」

「ああ、でもあの雌ギツネは脚にひどいけがを負っていたんだよ。子ギツネの分まで獲物を獲ろうとしたら、自分も飢え死にしていただろう。置き去りにしたほうがましだったのさ。自分の傷を治して、ちゃんと育てられるようになってからもっと産むほうがよかったんだ。だけど、母さんは飢えてなんかいない。だから戻ってくるよ」本当はジョディにもまるで

確信などなかったが、カイアのためにそう言ったのだった。（Owens 六）

ここで母の不在のために混乱する子どもたちは、母親がどうふるまうことが「自然」なのかを規定することによって不安に対処しようとしている。そこにこの場面の痛切さがあるのは間違いない。だがキツネのエピソードが示すように、母が子を捨てる現象は、自然界においては異常な出来事ではない。カイアのその後の人生は、この現実を受け入れて母と自分と自然の関係を再定義することに費やされることになる。

人間とのかかわりをほぼ持たずに「ザリガニの鳴くところ」（Owens 一一一）と呼ばれる奥深い自然のなかで生きるカイアは、湿地の動植物の生態をつぶさに観察し、生きのびるためのモデルを得ていく。物語の要となるのは、自分を裏切って別の女性と結婚しながら暴力的に関係の継続を迫るチェイスをカイアが殺害し、一度は逮捕されながらも無罪となっていわば完全犯罪を達成するという出来事だが、カイアはいかにして自分の身を守り、殺しを遂行するかを、湿地の生き物の行動から学習するのだ。[4] たとえば雌の蛍が、光のパターンを切り替えることで交尾のために雄を引きつけたり、別の種類の蛍をおびき寄せて食べてしまったりすること。あるいはカマキリの雌が交尾の最中に雄を捕食したり、七面鳥が、群れ全体が捕食者の標的になるのを防ぐために傷ついた個体を殺そうとしたりすること。それらは人間の倫理観を凌駕する出来事だ。だがカイアがいうように、

「そこには悪意はなく、あるのはただ拍動する命だけなのだ」（Owens 一四三）。動物たちの行動から、カイアは生存に必要な事柄を学びとり、その過程で自身の中にも存在する人間中心主義的な考えをいわば学び捨て、「殺し」の行為を再解釈する。

ある昆虫の雌は交尾の相手を食べてしまうし、過度のストレスにさらされた哺乳類の母親は、子どもを捨ててしまう。多くの雄たちは、危険な方法やずる賢い手で精子競争に勝とうとする。けれど、命の時計の針が動きつづけている限り、そこには醜いものなど何ひとつないように思えた。これは自然界のダークサイドなどではなく、何としても困難を乗り越えるために編み出された方策なのだ。それが人間となれば、もっとたくさんの策を講じたとしても不思議はないだろう。（Owens 一八三―八四）

最後の人間に対する言及が、未来の彼女自身の行動を暗示しているのは明らかだろう。チェイスから暴力を振るわれて命からがら逃げだしたあと、カイアはついに母が自分を捨てたわけを理解する。

その瞬間、にわかに霧が晴れたように、カイアはすべてを理解した。母さんがどんな目に遭い、なぜ去ったのか。「母さん」カイアはささやいた。「ようやくわかった。なぜ出ていかなくちゃならなかったのか。なぜ二度と戻らなかったのか。ごめんなさい、気づかなかった。わたしには母さんを助けることなんてできなかった」カイアはうなだれ、しばらくすすり泣いていた。それから涙を断ち切るように顔を上げ、きっぱりと言った。「わたしはそんな生き方はしない――いつまた拳が飛んでくるかびくびくしながら生きるなんて、できない」（**Owens** 二七三）

ここではカイアの人間不信の根底にある母に捨てられたという経験が、湿地の自然が彼女に語りかけていた物語と交錯し合い、身を守るために取るべき行動について思い至る瞬間を提供する。湿地の環境を熟知したカイアは、潮の満ち引き、月光の照射時間といった自然の働きを用いて、指紋や足跡をはじめ、ほとんどすべての証拠を隠滅してチェイスを殺害するに至った、ということが、物語の結末でようやく明らかになる。小説冒頭ですでに湿地が語っていたように、カイアの行為は「罪」ではない。さまざまな種が生存をかけて交差する湿地は、人間による殺しも包摂しつつ、それ自体の物語を編成していく。

人間的なるもののぬかるみ

物語の結末でカイアは静かな死を迎える。一度の別離を経てカイアのパートナーとなっていたテイトは、彼女が残していった殺人のゆるがぬ証拠――チェイスがカイアにもらい肌身離さずつけていた貝殻のネックレス――が床下の箱に隠されているのを見つける。彼女がアマンダ・ハミルトンの筆名で地元紙に投稿しつづけてきた詩の原稿（特に殺人に間接的に言及しているらしきもの）も、同じ場所に隠されていた。ネックレスの皮ひもを切り離してしまえば、貝殻はごく簡単に自然に還すことができたはずだが、カイアがその究極的な証拠を隠滅しようとしなかったのは、関係が終わった後もチェイスがそれをつけつづけていたという事実に何かを感じてのことであったかもしれず、それをさらにテイトに見つけてほしい心理も働いたのかもしれない。いずれにしろカイアがネックレスを人間の用途として意味をなす形態のままに留めた（それによって殺人が人間の法で裁かれる余地も残した）ことは、社会的な孤立や人間関係の軋轢を原因として、自然のなかでの孤独な生を選びとった彼女が、同時に人間的なものをすべて捨て去ろうとしていたのでもなかったことを示しているだろう。

孤立が人間の行動、とりわけ若い女性の行動にどのような影響を与えるか、という問いが執筆の動機になったと、オーウェンズは述べている（Owens 三七三）。これは動物行動学者として、通常は緊密な互助的グループを形成する野生動物の雌が何らかの原因で孤立したときに取るイレギュラーな行動を観察した経験、さらには自身がカラハリの孤立した環境で長年研究を行なっていたことに根差している（Cary, "Delia Owens," Owens 三七三）。作者によれば、自然を観察しそこから行動の指針を学んで生きることは、人間のロールモデルを持たない少女に「自己信頼」の感覚を与えたという。「自己信頼」とはもちろん一九世紀アメリカの超絶主義者ラルフ・ウォルドー・エマソンの用語だ。オーウェンズがどれほど超絶主義を念頭に置いてここで発言しているかは定かではないものの、自然を観察するなかで逆説的に自己存在を見出していくという、ネイチャー・ライティングが持つ独特の視座のありようと共通するところはあるように思える。

しかし他方で『ザリガニ』には、人間的な営為、とりわけホームメイキング行為を通して相互依存的なネットワークをつくることへの希求もまた見て取れる。孤独を志向しながらも、カイアは究極的には「人間ぎらい」ではない。むしろ人間的な営為にこだわりつづけている。それがたとえば、貝殻のネックレスをつくることであり、詩を書くことであり、また料理をして誰かと食事をともにするといったドメスティックな営みでもある。作品の序盤で家族に捨てられた当初は、貧困と料理能力の欠如もあり、カイアはグリッツ（南部で朝食によく食べられるひきわりトウモロコシを粥状にしたもの）をひたすら食べている（Owens 一九―二〇）。それはサヴァイヴァルのための食事であり、同時に彼女の階級のマーカーでもある（グリッツやコーンミールといったトウモロコシ原料主体の穀類は小麦粉に比べ安価であり、南部のワーキングクラス家庭を中心に食べられていたものだ）。人が生きのびるためだけに食べるのではないことは、彼女自身が後に証明している。チェイス殺害容疑で逮捕・収監されたカイアは、「これまで食べたことがないような贅沢な食事」を毎日出されるが、「ようやく食べ物が手に入ったときには、胃袋が消えてしまっていた」（Owens 二九〇）。独房にやってくる猫のサンディー・ジャスティスに食事を分け与えることで、カイアはようやく心の慰めを得る。食べることの多層的な意味（それは南部ではとりわけ階級や人種と深く結びついているが、カイアにおいては非‐人間的存在とのつながりの契機になる）を示す、重要なエピソードのひとつだ。

少女時代のカイアは母親がいずれ帰ってくるときのことを思って、料理から家の掃き掃除、洗濯まで、孤独なホームメイキング行為を徹底させていた。本の出版により収入が安定した一九六八年には、カイアは湿地の家に電気を引き、新しいレンジや冷蔵庫など現代的な調理器具や家電も導入していくが、母の木製ストーブだけはキッチンに残している（Owens 二一八）[5]。それはいわば、母の失踪によって失われた家庭的つながりの縁（よすが）なのだろう。母の記憶の残るキッチンで、カイアは再会した兄ジョディに素朴だが豊かな南部料理をふるまい、人と食事を分け合うことの意味を再発見していく（Owens 二四二）。

カイアによるこうしたホームメイキングの企ては、湿地の家を起点に、失われた相互依存的ネットワークをふたたび創出しようとする試みなのかもしれない。それは一家の女たちのつながりにはじまり、湿地の自然へと拡大していく。失踪する前のこと、母がカイアとほかの娘たちを誘いボートで出かける場面がある。潟湖（せきこ）で濃黒泥の深いぬかるみにボートがはまり込むと、女たちはスカートが汚れるのも厭わずに泥のなかに膝までつかり、協力して押し出した。母は娘たちにいう。「みんなよく聞いて、これは人生の教訓よ。わたしたちはぬかるみにはまった。でも、そんなときに女のわたしたちはどうした？ 楽しんで、笑ったでしょう。これこそが姉妹や女の仲間がするべきことなの。泥のなかでも、いいえ、泥のなかでこそ、そばにいて団結するのよ」（Owens 九六）。『ザリガニ』において、人間的なるもののぬかるみは、たとえそれが人新世において様々な破壊を地球環境にもたらしてきたものと同定可能であるにしろ、物語を駆動させ、つながりを生み出すものとして立ち現われてくる。エコロジーを神話によって「ダーティ」なものにする必要性について、パトリシア・イェーガーは説いている（Yaeger, "*Beasts of the Southern Wild* and Dirty Ecology"）。自然環境への介入により人間が引き起こしてきた幾重もの危機の責任を引き受け、生きのびて次世代に世界を残すためには、汚れたものであれ人間という種を含んだ世界を語る物語が、おそらくは必要とされているのだ。『ザリガニ』における人間的なるもの、フィクションや家庭というつながりの空間を創出することへの志向性は、おそらくこうした物語のかたちへの尽きない関心に裏打ちされたものだろう。

註

序章

(1) *Cruel Optimism* は『残酷な楽観性（仮題）』として、岸まどかとの共訳にて花伝社より二〇二四年に刊行予定である。

第1章

(1) この小説におけるハリケーンの描写は、フロリダ州ウェストパームビーチを襲い、オキーチョビー湖を氾濫させた一九二八年のハリケーン、およびハーストン自身がバハマ諸島で一九二九年に体験したハリケーンに基づいている。二八年のハリケーンによる死者数は約二千人とされるが、ウィリアム・W・ロジャースは、「エピデミック回避のために大量の遺体を緊急に埋葬することが必要とされたことから」この数字は少なすぎるかもしれないと示唆している（二九七）。犠牲者の多くは黒人移動労働者で、その中にはバハマ諸島出身者も含まれる。ハーストンによるハリケーン表象については、ボーンおよびリオスを参照のこと。人種とハリケーンのかかわりについては、カートライトとダイソンに詳しい。

(2) 「ダーティ・サウス」とは、もとは一九九〇年代半ばごろから注目を集めるようになった、低予算かつ西海岸や東海岸ほどマーケッタブルではない生のサウンドを特徴とするサザン・ヒップホップを指していたが、そこから転じて南部黒人ワーキングクラス文化の特徴そのものを指し示す語となった。詳しくは本書第四章「「エコロジーをダーティにせよ」――ジェズミン・ウォードと新時代の南部環境文学」を参照のこと。

(3) アダム・ガッソーは「親密な関係性における暴力(intimate violence)」という語を用いて、南部黒人共同体の内部で(主に女性を対象として)起きる暴力が人種隔離時代の南部のシステム化された人種暴力と対称性を持つと論じている。

(4) ただしビヨンセが、家族やデスティニーズ・チャイルドのメンバー、ケリー・ローランドと共同で、ヒューストンベースの被災者支援基金、「サヴァイヴァー・ファウンデーション」を設立していたことは指摘されるべきだろう。ジーニア・キッシュが指摘するように、ヒューストンはカトリーナ後、ニューオーリンズの黒人避難民を数多く受け入れた都市のひとつであり、やがて新たなブラック・ディアスポラの文化拠点へと成長していった。

(5) 修正第二条とは一七九一年にアメリカ合衆国憲法に追加された条項で、国民の武器保有権を保証するもの。しばしば銃規制をめぐる議論の争点として取り上げられる。

(6) 人気番組「サタデー・ナイト・ライブ」は「ビヨンセが黒人になった日」と題されたスキットでショックを受けた白人ファンたちを取り上げ、この事象を皮肉っている。https://www.youtube.com/watch?v=ociMBfkDG1w(最終閲覧二〇二三年一月六日)

第2章

(1) 二〇〇〇年代の人文学においてひとつの大きな潮流をつくった情動理論(affect theory)では、情動はある社会集団が共有する概念や理想、雰囲気などをかたちづくる言語以前の感覚的経験を指す語として理解される。本章における情動概念は、主としてローレン・バーラントの議論（とりわけその著書 *Cruel Optimism*［二〇一一］におけるもの）を参照しつつ、情動の交歓（情動概念を提出したスピノザの用語においては「触発」と名指される）が人間同士の、あるいは社会的なインターアクションを生み出していくプロセスに注目する。

(2)「もの書きの女ども（**a damned mob of scribbling women**）」とは、ナサニエル・ホーソーンが手紙の中で用いた表現で、通俗的なベストセラーを量産する同時代の女性作家群を揶揄したものとして有名。

(3) ちなみにマッカラーズは『心は孤独な狩人』（一九四〇）のトムボーイ、ミック・ケリーや、身長一八〇センチ超の大女でありながら小さな「せむし男」に恋をする『悲しき酒場の唄』（一九四三）のミス・アメリアといった非規範的女性登場人物をすでに描いていたが、『結婚式のメンバー』のフランキーはそのトムボーイ性がもっとも際立っているといえるだろう。

(4) スミスに直接かかわる批評ではないが、アメリカ文学における触発＝触れることとセンチメンタルかつユートピア的な理想主義の関係を考察するリッツェンバーグの議論、とりわけナサニエル・ウェストの『孤独な娘』（一九三三）論は、本章全体の主題を考えるうえで示唆的であった。

第３章

(1)『ヒックとドラゴン』における補綴については、レア・マクレイノルズおよび河野真太郎の議論を参照のこと。

(2) ここでの「クリップ（crip）」は、障害学から派生したクリップ・セオリーでよく用いられる語であり、クィア理論がもとは同性愛者に対する差別語であった「クィア（queer）」の語をあえて用いたのと同様に、当事者による語の肯定的な反転の一例である。

(3) 障害学とフェミニズム、クィア理論を接続するアリスン・ケイファーによれば、「クリップ・タイムとは拡張するだけではなく爆発するフレックス・タイムだ――それは時間において何が起きうるか、また何が起きるべきかをめぐる概念を想像し直すこと、そして「物事を行なうのにどれくらい時間がかかるものなのか」についての通念がごく特定の精神や身体に基づいていると認識することをわれわれに求める」（二七）。たとえばそれは障害を持つ主体が何かをするために余分にかかる時間のことでもあるだろうし、障害によって時間の長さ、スパンがまったく違ったものとして主体に認識されうることを指してもいる。

(4) 「ドラゴンの贈り物」は、『ドリームワークス　ホリデイ・コレクション』と題されたクリスマス・シーズンの短編作品集に収録されており、ネットフリックスで配信されているが、「ヒックとドラゴン」で検索をかけても結果にあがってこない点に注意されたい。

第4章

(1) 農本主義と南部知識人の精神性についてはホブソンならびに越智、後藤の議論を参照されたい。エコクリティシズムの視点を通じて南部研究に刷新をもたらした例として、単著レベルではカービーおよびリーガーがあるほか、ヴァーノンらによるアンソロジー、*Ecocriticism and the Future of Southern Studies* や *Keywords for Southern Studies* の Ecology/Environment のセクションがある。

（2）「ダーティ」という語の使用にはまた、イェーガーの代表的著作 *Dirt and Desire*（二〇〇〇）のタイトルも響いているだろう。この本のなかでイェーガーは、南部の女性作家たちがいかに非規範的な身体のありようや、アブジェクトなもの、穢れやゴミ、打ち捨てられたものを執着的に描いたかについて論じていた。

（3）逆巻しとねが指摘するように、モリスンの『ソロモンの歌』においても、この「擬獣化」の現象は、複雑極まりない人種関係のもとに暴力を「一種の愛として理解する」ためのプロセスとして機能している（逆巻二〇五―〇六）。

（4）パーチマン刑務所については、"The Lasting Legacy of Parchman Farm, the Prison Modeled After a Slave Plantation" に詳しい。

（5）ちなみにマイケルもパーチマン服役中に農業労働に従事しているが、白人である彼がリオニーへの手紙のなかで記述する労働の様子は、農耕詩のような土をいじることを通した神との合一といった趣があり、多幸感に満ちている。

「牛や鶏の世話をしたり、菜園の手入れをしたり、囚人たちにまた土地を耕させるのはいいことだ。五体満足な男たちがこれだけ揃って暇を持て余しているのに、デルタの質のいい土壌を手つかずにしておくのはもったいない、というのが刑務所長の考えらしい。だけどそれがマイケルのつぼにはまった。畑仕事は気に入っている、と手紙に書いてきた。いつか帰れることになったらいっしょに庭いじりをしたい。どこで暮らすことになっても、コンクリートに植木鉢を並べるだけでもいいから、と。土いじりをしている間は何にも煩（わずら）わされなくてすむと書いてあった。指で神様に話しかけ

てるみたいなんだ、と。」(一四五)
これはマイケルが自然と調和した生活のなかに、悪行に手を染めず堅気の暮らしをしていくことへの希望を見出している痛切な描写であると同時に、人種間でパーチマンという生政治的空間の認識がまったく異なっていることも示しているだろう。

(6) エシュの妊娠は一種のヴードゥー的マウントではないかというサジェスチョンをくれたクリストファー・リーガーに感謝する。

(7) ケアの契機としての暴力という考えは、人文学の学校 KUNILABO 2021 夏のブックトークシリーズ vol. 3「ケア・コレクティヴ『ケア宣言』」での岡野八代と小川公代の議論に強く触発されたものであったことを付記しておく。

第5章

(1) カブリーニ=グリーンの歴史については、トンプソン(特に六七―七二)、およびアヴィヴァ・ブリーフェルとシアン・ンガイが詳述している。

(2) キャロル・クローヴァーは「ファイナル・ガール」を次のように定義している。「彼女は最初に登場し、心理的な細部によって発展して描かれる唯一の人物だ。彼女に注意が払われることから、我々は彼女の語りが主要な物語の筋であると理解する。彼女は知性的で、注意深く、冷静だ。最初に何かがおかしいと気づくのは彼女だし、集まった証拠から脅威のパターンや度合いを推理することができる唯一の人物だ。いい換えれば、観客である我々自身による状況の特権的理解に近い視点を持つ唯一の人物というこ

とだ。」（四五）

(3) ボディ・ホラーとは、四肢切断、身体改変、ゾンビ化、何らかの外部刺激による侵入など、身体にまつわる心理的恐怖に集中したホラー作品を指す。

(4) ルシー・ジーンのエピソードは、実際にシカゴの低所得者向け住宅で殺害されたルシー・メイ・マッコイの事件にインスパイアされているという。この事件についてはスティーヴ・ボギラが『シカゴ・リーダー』紙に詳細な記事を書いている。

(5) バーナデットの死はホラー映画で大抵序盤に死ぬ、作品にとって重要性を欠いた黒人キャラクターに訪れる典型的な運命と解されがちである。ただしブルーレイ版特典のインタビューでヘレンを演じたヴァージニア・マドセンが語っているところでは、当初バーナデットに配役されていたのは、黒人俳優ケイシー・レモンズではなくマドセンであった（ヘレン役を演じる予定だったバーナード・ローズの妻が妊娠したため、配役が変更された）ということは、指摘しておくべきだろう（"It Was Already You, Helen": An Interview with Virginia Madsen"）。

第6章

(1) 初期エコフェミニズムから、マテリアル・フェミニズム、マテリアル・エコクリティシズムに至る批評史については川津雅江の包括的なまとめがある。

(2) ちなみに環境人文学分野でも南部研究でも『ザリガニの鳴くところ』に関する研究はまだほとんどなく、南部文学と人新世についての論考でメラニー・ベンソン・テイラーが、人種や階級により周縁化された登場人物の災害や環境汚染をめぐる文化的ナラティヴにおける役割に言及しているのが目につく程度である。日本では結城正美が、「人新世のフィクション」のひとつとして『ザリガニの鳴くところ』を紹介している。研究の少なさは後述するように、このテクストにおける「人間的なるもの」の複雑な現れ方にも起因しているかもしれない。

(3) 南部文学における自然環境と人種、階級、特にプア・ホワイトにおける自然と階級のスティグマ化された関係については、ハーン「立ち上る塵」を参照のこと。

(4) ちなみに最終的にはチェイス殺害がカイア単独の犯行なのかどうかは作中では曖昧にされており、湿地の自然とともに、ジャンピンやテイトといった人物たちが何らかのかたちで事件に関与している可能性も示唆されている。

(5) 貧困と飢えではじまるカイアの生活に、より家庭的な食生活や近代的なホームメイキングのための道具が入ってくる過程は、食習慣や公衆衛生などあらゆる意味で遅れているとみなされていた南部に次第に家政学的知識が導入されていく歴史的過程とゆるやかにリンクしている。南部における家政学運動の歴史についてはフェリスの第八章が詳しい。

あとがき

木に吊るされた人のかたちが、果実のように見える。そのことを歌った歌がある。子どものころ、そう教えてくれたのは父だった。その記憶がのちに南部文学を研究することにつながったなどといったら、いくらなんでも話が出来すぎだろうが、暴力的に生命を絶たれた身体が与える恐怖やかなしみと、生の糧となる果実の甘さとが強力に結びついたこの曲、「奇妙な果実」ほど、南部的物語のかたちのアンビヴァレンスを余すところなく伝えるものはなかったように思う。

本書に収められた危機の時代をめぐる六つの論考は、いずれもわたしの尽きることのない物語のかたちへの興味に貫かれたものだ。左記の初出一覧を見ていただければわかるように、章の順序はかならずしも各論の執筆順とは一致しておらず、本書のうちの半分はここ数年の学会発表などをもとにして書き下ろしたものである。とはいえ、一章から読んでいただくことで、わたし自身の物語のかたちをめぐる思考の変遷のおおまかなところはわかりやすく見えてくるのではないかと思う。

序　章　「危機の時代の物語のかたち」(『現代思想』二〇二三年一月号、青土社、一七三―八〇)に加筆・修正を加えたものである。

第1章　Hearn, Kyoko Shoji. "Violence, Storm, and the South in Beyoncés' *Lemonade*" (*LIT: Literature Interpre-*

tation Theory 30 (2), 2019, 155-69）に加筆・修正を加えたものである。

第２章　「レベル・ガールの系譜――南部女性文学における反逆する娘像と連帯のナラティブ」（『フォークナー』第二一号、松柏社、二〇一九年五月、一四一–一五五）を加筆修正したものである。

第３章　Cultural Typhoon 2021 での発表 "Disability and Prosthetic Interdependency in *How to Train Your Dragon* (Film)" に基づいている。

第４章　日本アメリカ文学会第六〇回全国大会のシンポジウム「アメリカ南部文学の現状と展望――Faulkner から New Southern Studies へ」での発表「We Must Dirty Ecology" ―― Jesmyn Ward, Delia Owens と新時代の南部環境文学」、および Faulkner and Ward Conference 2022 のパネル "Salvaging Southern History through Jesmyn Ward's Fiction" での発表 "'They stand as one': The Human-Dog Relationship in *Salvage the Bones* and *Sing, Unburied Sing*" に基づいている。

第５章　二〇二二年二月一八日に行われた東京大学でのオンラインセミナーの内容に基づいている。司会の吉国浩哉氏（東京大学大学院総合文化研究科）や批評家の杉田俊介氏による『キャンディマン』やインターセクショナリティ概念と階級の関係をめぐる示唆的なコメントに感謝する。なお、本章は「『黒の恐怖』を奪回せよ――黒人ホラー映画史における創造的プロセスをめぐって」（『映画学叢書　映画史の論点』ミネルヴァ書房より近刊）と一部内容が重複する部分がある。

第６章　「湿地のエージェンシー、ぬかるみのフィクション――ディーリア・オーウェンズ『ザリガニの鳴くところ』と人新世の物語」(『現代思想』二〇二二年二月号、青土社、一九八一二〇八)に一部修正を加えたものである。

研究者の端くれではあるものの、自分が本を書く日が来るとは(そしてそれを無事書き終える日が来るとは)ほとんど思ってもみなかったということを、ここで告白しておきたい。そういう我ながら無謀と思うような企てを実現させたのは、一研究者として自分がこの世で使える時間は限られているという、ある種の危機意識だった。影響を受けた批評家として序論で名前を挙げたローレン・バーラントとパトリシア・イェーガーは、ともに故人となった。バーラントは二〇二一年に亡くなったばかりなので、ご記憶の方も多いかもしれない。大学院生時代からこのふたりの著作に触れられたことは自分にとって貴重な財産となっているが、同時にとんでもない才能を持った人たちが、まだまだもっとこれからよいものを書けるという時期に病を得て亡くなることの理不尽さは、わたしが研究をしていくうえで大きな影を落とし、自分にとって大切に思える仕事だけを地道にしていきたいという思いを年々強くするようになった。同じことは学生時代からその論考に親しんできた竹村和子や三浦玲一といった日本の研究者たちについても感じるし、私事ながらこの本の企画がはじまる少し前、コロナ禍の最初の年には、父親を亡くしてもいる。

いってみればこの本は、幾人ものひとたちの死について考えることでできたようなものなのだが、だからといって悶々と暗い気持ちで執筆に当たったというのでもない。自分の好きなものを、好きなかたちで書くことができた充実の時間でもあった。若いころにはうまくいかなかった文化研究的な手続きを本書では迷いなく踏むことができ、文学や映像、音楽といったさまざまな文化的創作物を、優劣つけずに自由に往還しながら分析することができたと自負している。

本書の執筆にあたっては、多くの人に刺激と学恩を受けた。一人ひとりの名前を挙げることは叶わないものの、現在の所属である専修大学の研究コミュニティ、なかでも『ヒックとドラゴン』論の執筆に際して貴重な助言をくださった河野真太郎さん、同じ地域の研究者として南部話にいつもつき合ってくださる越智博美さんに、感謝申しあげる。

最後に、編集を担当してくださった松柏社の森有紀子さんに、心から感謝したい。自分にとってこの本をつくることは大きな挑戦だったが、森さんは構想段階から背中を押してくれ、内容や方向性について細やかなコメントを随時与えてくれた。そのおかげでこうしてかたちになったものを届けられることは、このうえない喜びである。

二〇二二年一二月

ハーン小路恭子

※本書の一部は、JSPS科研費（課題番号 18K12319）の助成を受けたものである。

文科学論集＝The Journal of Science of Culture and Humanities』No. 96, 名古屋経済大学人文科学研究会、2017年3月、29–43頁。

ハーン小路恭子「『立ち上る塵』――ドロシー・アリスンの『バスタード・アウト・オブ・キャロライナ』におけるクィア・トラッシュ・エコロジー」『フォークナー』第23号、2021年4月、43–56頁。

結城正美「アメリカ西部の文学的磁力」アメリカ文学会東京支部月例会、2021年5月8日。

レオポルド、アルド『野生のうたが聞こえる』新島義昭訳、講談社、1997年。

第6章　湿地のエージェンシー、ぬかるみのフィクション——ディーリア・オーウェンズ『ザリガニの鳴くところ』と人新世の物語

Adams, Carol J., and Lori Gruen. *Ecofeminism: Feminist Intersections with Other Animals and the Earth*. Illustrated ed., Bloomsbury USA Academic, 2014.

Alaimo, Stacy. *Bodily Natures: Science, Environment, and the Material Self.* Illustrated ed., Indiana UP, 2010.

Cary Alice. Delia Owens–BookPage | Discover Your next Great Book! https://www.bookpage.com/interviews/22927-delia-owens-fiction/. Accessed 11 Dec. 2021.

Ferris, Marcie Cohen. *The Edible South: The Power of Food and the Making of an American Region*. Reprint ed., U of North Carolina P, 2016.

O'Connor, Flannery. *Mystery and Manners*. Illustrated ed., Farrar, Straus and Giroux, 1969.

Owens, Delia. *Where the Crawdads Sing*. G.P. Putnam's Sons, 2018.（オーエンズ、ディーリア『ザリガニの鳴くところ』友廣純訳、早川書房、2020年）

Gruesser, John. "The Crawdads Sing in Poe Country: Delia Owens's Bestseller and 'The Gold-Bug'". *The Edgar Allan Poe Review*, vol. 21, no. 1, Penn State UP, 2020, pp. 109–15.

Iovino, Serenella, and Serpil Oppermann. "Material Ecocriticism: Materiality, Agency, and Models of Narrativity." Ecozon@: European Journal of Literature, Culture and Environment. March 2020. ecozona.eu, https://ecozona.eu/article/view/452.

Taylor, Melanie Benson. "Southern Literature and the Anthropocene." *Insiders, Outsiders: Toward a New History of Southern Thought*, edited by Sarah E. Gardner and Steven M. Stowe, U of North Carolina P, 2021, pp. 119–40, http://www.jstor.org/stable/10.5149/9781469663586_gardner.10.

Yaeger, Patricia. "*Beasts of the Southern Wild* and Dirty *Ecology*." *Southern Spaces*, https://southernspaces.org/2013/beasts-southern-wild-and-dirty-ecology/. Accessed 17 Sep. 2021.

アガンベン、ジョルジョ『開かれ——人間と動物』岡田温司・多賀健太郎訳、平凡社、2011年。

オーエンズ、マーク＆ディーリア・オーエンズ『カラハリが呼んでいる』小野さやか・伊藤紀子訳、早川書房、2021年。

川津雅江「マテリアル・フェミニズムからマテリアル・エコクリティシズムへ」『人

Duke UP, 1995.
Hoeveler, Diane Long. “The Postfeminist Filmic Female Gothic Detective: Reading the Bodily Text in *Candyman*.” *Postfeminist Gothic: Critical Interventions in Contemporary Culture*, edited by Benjamin A. Brabon and Stéphanie Genz, Palgrave Macmillan UK, 2007, pp. 99–113. Springer Link, https://doi.org/10.1057/9780230801301_8.
hooks, bell. “The Oppositional Gaze: Black Female Spectators.” *Black Looks: Race and Representation*, 2nd ed, Routledge, 2014, pp. 115–31.
Kee, Jessica Baker. “Black Masculinities and Postmodern Horror: Race, Gender, and Abjection.” *Visual Culture & Gender*, vol. 10, Oct. 2015, pp. 47–56.
Keetley, Dawn. *Jordan Peele's Get Out: Political Horror*. 1st ed., Ohio State University Press, 2020.
“Kimberlé Crenshaw on Intersectionality: ‘I Wanted to Come up with an Everyday Metaphor That Anyone Could Use.’” *New Statesman*, 2 Apr. 2014, https://www.newstatesman.com/politics/welfare/2014/04/kimberl-crenshaw-intersectionality-i-wanted-come-everyday-metaphor-anyone-could.
Lott, Eric. *Black Mirror: The Cultural Contradictions of American Racism*. Belknap Press: An Imprint of Harvard UP, 2017.
Pinedo, Isabel Cristina. *Recreational Terror: Women and the Pleasures of Horror Film Viewing*. SUNY Press, 2016.
Thompson, Kirsten Moana. *Apocalyptic Dread: American Film at the Turn of the Millennium*. SUNY Press, 2012.
Wood, Robin. “Return of the Repressed.” *Robin Wood on the Horror Film: Collected Essays and Reviews*. Illustrated ed., Wayne State UP, 2018, pp. 78-85.
Wyrick, Laura. “Summoning Candyman: The Cultural Production of History.” *Arizona Quarterly: A Journal of American Literature, Culture, and Theory*, vol. 54, no. 3, Autumn 1998, pp. 89–117, https://doi.org/doi:10.1353/arq.1998.0003.
コリンズ、パトリシア・ヒル&スルマ・ビルゲ『インターセクショナリティ』小原理乃訳、下地ローレンス 吉孝監訳、人文書院、2021 年。
ジョンソン、バーバラ『差異の世界——脱構築・ディスクール・女性』大橋洋一ほか訳、紀伊國屋書店、1990 年。

モリスンと擬獣化の時空」、『ユリイカ』特集＝トニ・モリスン、2019年10月号、204–13頁。

新田啓子「解説　「母たちの庭」を推敲すること」、キエセ・レイモン『ヘヴィ——あるアメリカ人の回想録』山田文訳、里山社、2021年、322–31頁。

第5章　「セイ・マイ・ネーム」——ふたつの『キャンディマン』とインターセクショナリティ

Barker, Clive. *The Books of Blood*, Volume 5. Crossroad Press Digital ed., Crossroad Press, 2013.
Bogira, Steve. "They Came in Through the Bathroom Mirror." *Chicago Reader*, 3 Sept. 1987, http://chicagoreader.com/news-politics/they-came-in-through-the-bathroom-mirror/.
Botting, Fred. *Limits of Horror*. Paperback ed., Manchester UP, 2013.
Briefel, Aviva, and Sianne Ngai. "'How Much Did You Pay for This Place?' Fear, Entitlement, and Urban Space in Bernard Rose's *Candyman*." *Camera Obscura: Feminism, Culture, and Media Studies*, vol. 13, no. 1 (37), Jan. 1996, pp. 69–91. Silverchair, https://doi.org/10.1215/02705346-13-1_37-69.
Candyman. Directed by Bernard Rose, Collector's Edition,[Blu-ray] , Universal Pictures, 1992.
Candyman. Directed by Nia DaCosta, Universal Pictures/MGM, 2021.
"*Candyman* (1992) Film Script." Script Slug, https://www.scriptslug.com/script/candyman-1992. Accessed 16 Feb. 2022.
Carter, William H., et al. "Polarisation, Public Housing and Racial Minorities in US Cities." *Urban Studies*, vol. 35, no. 10, 1998, pp. 1889–911.
Clover, Carol J. *Men, Women, and Chain Saws: Gender in the Modern Horror Film*. Reprint, ed., Princeton UP, 2015.
Crenshaw, Kimberle. "Mapping the Margins: Intersectionality, Identity Politics, and Violence against Women of Color." *Stanford Law Review*, vol. 43, no. 6, 1991, pp. 1241–299. JSTOR, https://doi.org/10.2307/1229039.
Davison, Carol Margaret. "Haunted House/Haunted Heroine: Female Gothic Closets in 'The Yellow Wallpaper.'" *Women's Studies*, vol. 33, no. 1, Jan. 2004, pp. 47–75. Taylor and Francis+NEJM, https://doi.org/10.1080/00497870490267197.
Halberstam, Jack. *Skin Shows: Gothic Horror and the Technology of Monsters*.

Lloyd, Christopher. “Creaturely, Throwaway Life After Katrina.” *South: A Scholarly Journal*, vol. 48, no. 2, 2016, pp. 246–64. JSTOR.

Marlotte, Mary Ruth. “Pregnancies, Storms, and Legacies of Loss in Jesmyn Ward's *Salvage the Bones*.” *Ten Years After Katrina: Critical Perspectives of the Storm's Effect on American Culture and Identity*, edited by Mary Ruth Marlotte and Glenn Jellenik, Lexington Press, 2014, pp. 207–19.

Rieger, Christopher. *Clear-Cutting Eden: Ecology and the Pastoral in Southern Literature*. U of Alabama P, 2009.

Romine, Scott, and Jennifer Rae Greeson. *Keywords for Southern Studies*. Reprinted ed., U of Georgia P, 2016.

Tarver, Erin C. “The Dangerous Individual('s) Dog: Race, Criminality and the ‘Pit Bull.’” *Culture, Theory and Critique*, Nov. 2014. www.tandfonline.com, https://www.tandfonline.com/doi/full/10.1080/14735784.2013.847379.

“The Lasting Legacy of Parchman Farm, the Prison Modeled After a Slave Plantation.” Innocence Project, https://innocenceproject.org/parchman-farm-prison-mississippi-history/. Accessed 20 Nov. 2021.

Vernon, Zackary, et al. *Ecocriticism & the Future of Southern Studies*. Louisiana State UP, 2019.

Walker, Alice. *In Search Of Our Mothers' Gardens: Womanist Prose*. 1st ed., Amistad, 2004.

Ward, Jesmyn. *Salvage the Bones*. Reprint version, Bloomsbury, 2012.（ジェスミン・ウォード『骨を引き上げろ』石川由美子訳、作品社、2021 年）

———. *Sing, Unburied, Sing*. Bloomsbury, 2017.（ジェスミン・ウォード『歌え、葬られぬ者たちよ、歌え』石川由美子訳、作品社、2020 年）

———. *The Fire This Time: A New Generation Speaks about Race*. Reprint ed., Scribner, 2017.

Yaeger, Patricia. “*Beasts of the Southern Wild* and Dirty Ecology.” *Southern Spaces*, https://southernspaces.org/2013/beasts-southern-wild-and-dirty-ecology/. Accessed 17 Sept. 2021.

青木耕平「獰猛な骨たち——ジェスミン・ウォードの情け容赦ない語り」、『骨を引き上げろ』解説、作品社、2021 年、1–16 頁。https://sakuhinsha.com/oversea/28652.html.

越智博美『モダニズムの南部的——瞬間アメリカ南部詩人と冷戦』研究社、2012 年。

後藤和彦『敗北と文学——アメリカ南部と近代日本』松柏社、2005 年。

逆巻しとね「ジャングル！　ウェルカム・トゥ・ザ・ジャングル！——トニ・

vol. 24, no. 1, 2011, pp. 49–58.
McReynolds, Leigha. "Animal and Alien Bodies as Prostheses: Reframing Disability in *Avatar* and *How to Train Your Dragon*." *Disability in Science Fiction: Representations of Technology as Cure*, edited by Kathryn Allan, Palgrave Macmillan, 2013, pp. 115–30.
McRuer, Robert. *Crip Theory: Cultural Signs of Queerness and Disability*. NYU Press, 2008.
Mitchell, David T., and Sharon L. Snyder. *Narrative Prosthesis: Disability and the Dependencies of Discourse*. U of Michigan P, 2001.
Taylor, Sunaura. *Beasts of Burden: Animal and Disability Liberation*. The New Press, 2017.（スナウラ・テイラー『荷を引く獣たち――動物の解放と障害者の解放』今津有梨訳、洛北出版、2020 年）
河野真太郎『新しい声を聞くぼくたち』講談社、2022 年。
「ドラゴンの贈り物」、『ドリームワークス・ホリデイ・コレクション』ドリームワークス、2011 年、Netflix、www.netflix.com。
『ヒックとドラゴン』クリス・サンダース、ディーン・ドゥブロア監督、ドリームワークス、2010 年、Netflix、www.netflix.com。
『ヒックとドラゴン　聖地への冒険』ディーン・ドゥブロア監督、DVD、NBC ユニバーサル・エンターテイメントジャパン、2021 年。

第４章 「エコロジーをダーティにせよ」――ジェズミン・ウォードと新時代の南部環境文学

Hobson, Fred. *Tell About the South: The Southern Rage to Explain*. Louisiana State UP, 1983.
Hurston, Zora Neale. *Tell My Horse: Voodoo and Life in Haiti and Jamaica*. Illustrated version, Harper Perennial Modern Classics, 2008.
———. *Their Eyes Were Watching God*. Reissue version, Harper Perennial Modern Classics, 2006.
Kim, Claire Jean. "The Wonderful, Horrible Life of Michael Vick." *Ecofeminism: Feminist Intersections with Other Animals and the Earth,* edited by Carol J. Adams and Lori Gruen, *Bloomsbury*, 2014, pp. 175–90.
Kirby, Jack Temple. *Mockingbird Song: Ecological Landscapes of the South*. U of North Carolina P, 2006.
Laymon, Kiese. "Da Art of Storytellin' (A Prequel)." *The Fire This Time*, edited by Jesmyn Ward, Reprinted ed., Scribner, 2016, pp. 117–27.

Member of the Wedding and *The Ballad of the Sad Café*." *The Southern Literary Journal* vol. 41, no. 2, 2009, pp. 87–105.

Proehl, Kristen B. *Battling Girlhood: Sympathy, Social Justice, and the Tomboy Figure in American Literature*. Kindle ed., Routledge, 2018.

Ritzenberg, Aaron. *The Sentimental Touch: The Language of Feeling in the Age of Managerialism: The Language of Feeling in the Age of Managerialism*. Fordham UP, 2013.

Romine, Scott. "Framing Southern Rhetoric: Lillian Smith's Narrative Persona in *Killers of the Dream*." *South Atlantic Review* vol. 59, no. 2, 1994, pp. 95–111.

Smith, Lillian Eugenia. *Killers of the Dream*. Norton, 1994.

Tompkins, Jane. *Sensational Designs: The Cultural Work of American Fiction, 1790-1860*. The 1st ed., Oxford UP, 1986.

Watson, Jay. "Uncovering the Body, Discovering Ideology: Segregation and Sexual Anxiety in Lillian Smith's *Killers of the Dream*." *American Quarterly* vol. 49, no. 3, 1997, pp. 470–503.

Yaeger, Patricia. *Dirt and Desire: Reconstructing Southern Women's writing, 1930-1990*. U of Chicago P, 2000.

竹村和子『文学力の挑戦——ファミリー・欲望・テロリズム』研究社、2012 年。

平石貴樹『小説における作者のふるまい——フォークナー的方法の研究』松柏社、2003年。

第3章 『ヒックとドラゴン』における障害、動物、成長物語

Chen, Phoebe. "Contesting Boundaries of 'Natural' Embodiment and Identity in Young Adult Literature." *Disability and the Environment in American Literature: Toward an Ecosomatic Paradigm*, edited by Matthew J.C. Cella, Lexington Books, 2016, pp. 97–112.

"First Look: DreamWorks's 3-D 'How to Train Your Dragon'" USAToday.com. https://usatoday30.usatoday.com/life/movies/news/2009-11-04-how-to-tame-a-dragon_N.htm. Accessed 8 Sept. 2022.

Garland-Thomson, Rosemarie. "Misfits: A Feminist Materialist Disability Concept." *Hypatia*, vol. 26, no. 3, 2011, pp. 591–609.

Kafer, Alison. *Feminist, Queer, Crip*. Indiana UP, 2013.

Kittay, Eva Feder. "The Ethics of Care, Dependence, and Disability." *Ratio Juris*, post/143569446582/beyonceslovedrought-video-slavery-igbolanding. Accessed 13 Feb. 2018.

Robinson, Zandria. "We Slay, Part I." New South Negress, https://newsouthnegress.com/southernslayings/.

Rogers, William W. "Fortune and Misfortune: The Paradoxical Twenties." *The New History of Florida*, edited by Michael Gannon, U of Florida P, 1996, pp. 287–303.

Smith, Christen. "Performance, Affect, and Anti-Black Violence: A Transnational Perspective on #BlackLivesMatter." Cultural Anthropology, https://culanth.org/fieldsights/698-performance-affect-and-anti-black-violence-a-transnational-perspective-onblacklivesmatter.

第2章　レベル・ガールの系譜——南部的反逆する娘像と連帯のナラティヴ

Abate, Michelle Ann. *Tomboys: A Literary and Cultural History*. Kindle, ed., Temple UP, 2008.

Berlant, Lauren. *Cruel Optimism*. Illustrated ed., Duke UP, 2011.

Faulkner, William. *Absalom, Absalom!* Vintage, 1990.（ウィリアム・フォークナー『アブサロム、アブサロム！』上下巻、藤平育子訳、岩波文庫、2011–12 年）

Gleeson-White, Sarah. *Strange Bodies: Gender and Identity in the Novels of Carson McCullers*. U of Alabama P, 2012.

Halberstam, Jack. *Female Masculinity*. Duke UP, 1998.

Harker, Jaime. "'And You Too, Sister, Sister?' Lesbian Sexuality, *Absalom, Absalom!*, and the Reconstruction of the Southern Family." *Faulkner's Sexualities: Faulkner and Yokunapatawpha, 2007*, edited by Annette Trefzer and Ann J. Abadie, UP of Mississippi, 2014, pp. 38–53.

Hobson, Fred. *Tell About the South: The Southern Rage to Explain*. Baton Rouge: Louisiana State UP, 1983.

Jenkins, McKay. *The South in Black and White: Race, Sex, and Literature in the 1940s*. Chapel Hill: U of North Carolina P, 1999.

Lee, Harper. *Go Set a Watchman: A Novel*. Harper, 2015.（ハーパー・リー『さあ、見張りを立てよ』上岡伸雄訳、早川書房、2016 年）

McCullers, Carson. *The Member of the Wedding*. Mariner Books, 2004.（カーソン・マッカラーズ『結婚式のメンバー』村上春樹訳、新潮文庫、2016 年）

Millar, Darren. "The Utopian Function of Affect in Carson McCullers's *The*

Cartwright, Keith. "'To Walk with the Storm': Oya as the Transformative 'I' of Zora Neale Hurston's Afro-Atlantic Callings." *American Literature*, vol. 78, no. 4, 2006, pp. 741–67. doi:10.1215/00029831-2006-050.

Collins, Patricia Hill. *Black Sexual Politics: African Americans, Gender, and the New Racism*. Routledge, 2006.

Davis, Angela Y. *Blues Legacies and Black Feminism: Gertrude "Ma" Rainey, Bessie Smith, and Billie Holiday*. Vintage, 1999.

Durham, Aisha. "'Check on It': Beyoncé, Southern Booty, and Black Femininities in Music Video." *Feminist Media Studies*, vol. 12, no. 1, 2012, pp. 35–49. doi:10.1080/14680777.2011.558346.

Dyson, Michael Eric. *Come Hell or High Water: Hurricane Katrina and the Color of Disaster*. Civitas Books, 2007.

Gaskins, Nettrice. "Black Secret Technology: Beyoncé's Formation." *Musings of a Renegade Futurist*, https://netarthud.wordpress.com/2016/02/07/black-secret-technology-beyoncesformation/.

Gates, Henry Louis, and W. J. T. Mitchell. *The Signifying Monkey: A Theory of African American Literary Criticism*. Anniversary ed., Oxford UP, 2014.

Gussow, Adam. *Seems Like Murder Here: Southern Violence and the Blues Tradition*. U of Chicago P, 2002.

hooks, bell. *Black Looks: Race and Representation*. Routledge, 2014.

———. "Moving beyond Pain." bell hooks Institute, http://www.bellhooksinstitute.com/blog/2016/5/9/moving-beyond-pain.

Hurston, Zora Neale. *Their Eyes Were Watching God*. Reissue ed., Harper Perennial Modern Classics, 2006.

Kish, Zenia. "'My FEMA People': Hip-Hop as Disaster Recovery in the Katrina Diaspora." *American Quarterly*, vol. 61, no. 3, 2009, pp. 671–92.

Lillios, Anna. "'The Monstropolous Beast': The Hurricane in Zora Neale Hurston's *Their Eyes Were Watching God*." *Southern Quarterly*, vol. 36, no. 3, 1998, pp. 89–93.

Lindsay, Treva. "Beyoncé's *Lemonade* Isn't Just about Cheating, It's about Black Sisterhood." *Cosmopolitan*, https://www.cosmopolitan.com/entertainment/music/a57592/beyoncelemonade-about-black-sisterhood/.

Morgan, Joan. *When Chickenheads Come Home to Roost: A Hip-Hop Feminist Breaks It Down*. Simon & Schuster, 2000.

Owunna, Mikael. "Beyoncé's 'Love Drought' Video, Slavery and the Story of Igbo Landing." *Owning My Truth*, https://owning-my-truth.tumblr.com/

引用・参考文献

◉本書の引用文献のうち、既訳のあるものはそれらを参照しつつ適宜変更を加えている。

序章　危機の時代の物語のかたち

Berlant, Lauren. *Cruel Optimism*. Duke UP, 2011.

Yaeger, Patricia. "*Beasts of the Southern Wild* and Dirty Ecology." *Southern Spaces*, https://southernspaces.org/2013/beasts-southern-wild-and-dirty-ecology/. Accessed 17 Sept. 2021.

———. *Dirt and Desire: Reconstructing Southern Women's Writing, 1930-1990*. U of Chicago P, 2000.

ザイトリン・ベン『ハッシュパピー——バスタブ島の少女』東宝、2013 年、Blu-ray。

結城正美「正常の終焉、思考の再調整——環境人文学への誘い」、『思想』2022 年 11 月号、8–21 頁。

第 1 章　ビヨンセ『レモネード』における暴力、嵐、南部

Adelman, Lori. "A Black Feminist Roundtable on bell hooks, Beyoncé, and 'Moving Beyond Pain'." *Feministing*, http://feministing.com/2016/05/11/a-feminist-roundtable-on-bellhooks-beyonce-and-moving-beyond-pain/.

Berlant, Lauren. *Cruel Optimism*. Duke UP, 2011.

Beyoncé. *Lemonade*. Parkwood Entertainment, 2016.

Bone, Martyn. "The (Extended) South of Black Folk: Intraregional and Transnational Migrant Labor in *Jonah's Gourd Vine and Their Eyes Were Watching God*." *American Literature*, vol. 79, no. 4, 2007, pp. 753–79. doi:10.1215/00029831-2007-038.

Bradley, Regina N. "Getting in Line: Working through Beyoncé's 'Formation'." *Red Clay Scholar*, https://redclayscholarblog.wordpress.com/2016/02/07/getting-in-line-workingthrough-beyonces-formation/.

Carby, Hazel V. *Cultures in Babylon: Black Britain and African America*, Verso, 1999, pp. 7–21.

は行

た行

な行

事項・用語索引

あ行

か行

さ行

や行

ら行

わ行

ま行

な行

は行

さ行

た行

か行

人名・書名索引

あ行

装丁
成原亜美（成原デザイン事務所）

装画
坪山小百合

著者略歴

ハーン小路恭子（はーん・しょうじ・きょうこ）

1975年生まれ。専修大学国際コミュニケーション学部准教授。東京大学大学院人文社会系研究科欧米系文化研究博士課程中退。ミシシッピ大学英文学科博士課程修了Ph.D.(English)。専門分野は20世紀以降のアメリカ文学・文化で、小説やポップカルチャーにおける危機意識と情動のはたらきに関心を持つ。訳書にレベッカ・ソルニット『説教したがる男たち』『わたしたちが沈黙させられるいくつかの問い』（左右社）、『オーウェルの薔薇』（共訳、岩波書店）。

アメリカン・クライシス

危機の時代の物語のかたち

2023年3月25日　初版第1刷発行

著　者――――ハーン小路恭子

発行者――――森 信久

発行所――――株式会社 松柏社

〒102-0072　東京都千代田区飯田橋1-6-1

Tel. 03（3230）4813

Fax. 03（3230）4857

印刷・製本――中央精版印刷株式会社

定価はカバーに表示してあります。落丁・乱丁本は送料小社負担にてお取り替えいたしますのでご返送ください。

ISBN978-4-7754-0292-4

https://www.shohakusha.com/